상놈이 양반보다 잘사는 이유

상놈이 양반보다 잘사는 이유

이상희

다인미디어

이 책을 읽기 전에

　이 책은 본인의 서울 용산 미8군 3년간의 직장생활, 그리고 미국에 유학하여 지난 5년 간을 이방인의 모습으로 지켜보고, 엿보고, 때로는 훔쳐본 미국인들의 삶의 모습과 사회의 모습을 마치 동해바다에서 막 잡아 올린 펄펄 뛰는 참치의 모습처럼 싱싱하게 써내려 간, 사실을 바탕으로 한 책입니다.

　분명히 밝혀두는 것은 이 책을 쓴 본인은 그 누구보다도 된장의 색깔이 진하게 묻어 있고, 고추장보다 더 매서운 그리고 김치보다 더 맛깔스런 한국을 사랑하는 순수한 토종산 대한의 청년입니다. 혹 글을 읽다 너무나 미국을 신봉한다며 친미파처럼 여기시는 일이 없기를 부탁합니다.

　아울러 우리 사회에도 훌륭한 사람들이 많이 있고 정도를 걷는 사람들도 많이 있다고 자부합니다. 제가 이 책에서 언급한 많은 보기들은 대다수 사람들의 이야기이지 일부특정층의 이야기가 아님을 다시 한번 짚고 넘어갑니다. 어느 나라, 어느 사회이건 어둡고 부정적인 측면이 있습니다. 한사람을 보고 그 사람이 속해 있는 무리나 집단 전체를 단정짓는 것은 상당히 그릇된 행동이라 생각합니다.

　아무쪼록, 이 책이 우리 나라를 그 누구보다도 사랑하는 젊은

이가 우리 나라의 앞날을 걱정하며 밝은 미래를 제시하기 위해 썼다는 사실을 양해해 주시기를 부탁드리며 아래의 사항들을 끝까지 읽어 주시기 바랍니다.

임산부나 노약자는 이 책을 가급적 피해 주십시오. 읽다보면 때로는 현재 우리의 모습에 화가 나서 건강에 나쁜 영향을 끼칠 수 있기 때문에 말입니다.

절대 책을 돌려보지 마십시오. 책을 읽다보면 불가피하게 '침'으로 책장을 넘기게 됩니다. 여럿이 돌려보다 보면 각종 세균에 감염될 우려가 있사오니, 꼭, 자기 책을 구입하여 읽기 바랍니다. 그래야 침체된 우리 출판업계가 살아나고 국민 보건도 지킬 수 있습니다.

유효기간이 지난 책은 건강에 유해하오니 보지 마시고 새로 구입해 보십시오.

이 책의 존재를 주위에 널리 알립시다. 우리는 예로부터 품앗이 등을 통하여 서로 돕고 사는 아름다운 한민족입니다. 이렇게 좋은 책이 있음을 혼자만 알지 말고 주위에 널리 알리시기 바랍니다. 그러나 책을 돌려보진 맙시다. '침'으로 인하여 국민 보건상 좋지 않습니다. 저자는 국민의 보건을 상당히 걱정하는 사람입니다.

이 책을 사재기하지 맙시다. 이 책이 잘된 것은 알지만 여러 사람이 구입해 볼 수 있도록 치마 바람을 절대 일으키지 맙시다.

카드할부나 월부판매는 사절합니다. 외상이면 소도 잡아먹는다는 속담이 있지 않습니까? 현찰로 구입하시길 권장합니다.

한글을 깨우친 분이면 누구나 읽을 수 있습니다. 미성년자 독서 '가' 등급을 받은 책이오니 절대로 해가 가지 않습니다.

기혼자는 가급적 야간 독서를 금합니다. 워낙 재미있게 쓰여진 관계로 늦은 시간에 독서를 하다 보면 부부 금실에 본의 아니게 금이 갈 우려가 있습니다. 특히 비아그라를 복용하신 분들은 이 책을 저녁시간에 보시면 약발이 듣지 않으니 유의하십시오

식후 30분간만 이 책을 읽어주십시오. 너무나 재미있고 유익한 관계로 책에 빠져들다 보면 본의 아니게 일상생활에 지장이 생기오니 하루 세번 식후 30분씩만 읽어주십시오.

책을 심하게 다루거나 심한 충격을 받으면 좋지 않으니 가급적 충격은 피하십시오.

청소년 여러분들은 절대 수업시간에 이 책을 읽지 마십시오. 청소년은 미래의 주역이니 학업에 열중하시고 쉬는 시간이나 점심시간 또는 방과 후에 읽도록 하십시오.

이 책이 재미있어도 절대 '책보드'차트에 올리지 마십시오. 저는 '속편'을 쓰기 싫습니다.

끝으로 필자는 독자와의 대화의 문을 언제나 활짝 열어놓고 있습니다. 이 책을 읽으시고 저에게 하고 싶은 말이나 미국에 관한 새로운 정보를 알고 싶은 분이면 누구든지 연락을 주십시오 성심 성의껏 답해 드리겠습니다. 감사합니다.

※ MAIL TO : SANG H. LEE
                   P.O BOX 76
                   BUCKLEY, WA 98321
                   U.S.A

※ E-MAIL TO : Kolee@Firstdial.Com

차 례

상놈이 양반보다 잘사는 이유

▨ 이 책을 읽기전에 / 5

제 1부

• 프롤로그 / 13
• 나는 상놈이 양반보다 좋다 / 18
• 살림은 파란 눈 부부생활은 검은 눈? / 21
• 먹는데도 급수가 있네 / 26
• 칠순 노인도 컴퓨터 도사 / 32
• 정치인 = 정 안가고 치사한 인사 / 38
• 피는 물보다 진한 것 / 44
• 신은 명랑한 사람을 축복한다 / 49
• 아랫돌 빼서 윗돌 괴는 한국경제 / 54
• 신부 반지 하나로 결혼준비 끝! / 59
• 미국엔 형만한 아우도 많다 / 65
• 벌금도 할인해 주는 미국 판사 / 70
• 미제는 기저귀라도 좋다? / 76

상놈이 양반보다 잘사는 이유

제 2 부

• 떡고물에 망가지는 한국 사회 / 87
• 잘되면 내탓 못되면 네탓 / 93
• 의료보험도 없는 나라 미국 / 98
• 술꾼 비웃는 은어 'BAR FLY' / 102
• 미국 가정은 마누라 천국 / 111
• 밑천없이 생색내는 칭찬문화 / 116
• 상류가정 아이들도 용돈을 벌어 쓴다 / 120
• 청소년을 보호하자 / 124
• 청소년을 이해하자 / 128
• 팔도 밖으로 굽는 미국 대학 / 134
• D학점 받고 낙제한 외국 학생 / 138
• 미국 고교는 입시학원이 아니다 / 146
• 하느님은 명랑한 사람을 축복한다 / 149

제 3 부

• 동네마다 뿌리 박힌 사회 체육 / 157
• 자기 집 차고에서 고물파는 짠돌이들 / 163
• "우편배달부는 차를 몰고 다닌다" / 166
• 입던 옷도 교환해 주는 미국의 상술 / 169
• 11월 넷째 주에 벌어지는 가족 대이동 / 173
• 한국의 언론은 새로 태어나야 / 179
• 환경범죄 벌금 최고액이 942억원 / 183
• 실용주의 그리고 합리주의 / 188
• 컴퓨터 시대에도 마누라는 북어 신세 / 194
• 안전부인 불감증 걸렸네! / 199
• 미국에 이민오면 공처가 된다 / 207
• 코쟁이 입맛에 김치를 맞추자 / 212
• 한국이 미국보다 좋은 열 한가지 이유 / 216
• 에필로그 / 219

▨이 책을 읽고 난 후에 / 222

제 1 부

상놈이 양반보다 잘사는 이유

프롤로그

지금 현재의 나의 모습과 지난날, 나의 학창시절, 또는 성장기의 모습을 비교한다면 많은 사람들이 의아해 할 것이다. 미국이란 나라에 유학해서 학업과 생활을 병행하며 대학 졸업장을 받았고, 공인중개사 자격증을 취득하여 나이 스물여덟뇌넌 해부터 벤츠 승용차를 몰고 다니는 현재의 내 모습을 본다면 한국적 사고방식으로 저 인간은 학창시절에도 반듯하니 공부를 열심히 잘 했을 것이다 라는 공통적인 추측들을 할 것이다.

하지만 걸어온 나의 학창시절과 성장기를 아는 사람들은 막말로 개과천선을 운운하며 놀랄 것이다. 초등학교에서 고등학교까지 한국에서의 12년간의 학창생활 중 내 기억에 남는 가장 성적이 좋았던 등수는 초등학교때 기록했던 반에서 9등이 최고였다. 초등학교 2~3학년때는 저푸른 초원의 양떼를 키우고픈 마음에 전과목 '양'에 덤으로 '가'를 한두 개 기록하였던 적도 있고, 남들 한번에 진학하는 고등학교는 충청도 양반도 아닌데 느긋하게 두번 시험 끝에 진학하게 된다.

그것도 재수하면서 여학생 꽁무니나 따라다니거나 나이트클럽을 제집처럼 드나들듯 하며 '노세 노세 젊어서 노세'를 삶의 철학으로 삼았던 관계로 겨우 커닝 끝에 입학하고는 제2의 록키를 꿈꾸며 체육특기자로 복싱을 했고, 학교 수업은 '듣지도 보지도 말고'라는 또 다른 삶의 철학을 만들어 가며 정학이란 전과를 어깨에 단 문제아로 고등학교를 마치게 되었다. 앞서 언급한 것은 지난 학창시절의 많은 사건들 중 빙산의 일각이지만 이 정도 이야기하여도 많은 사람들이 내가 얼마나 학창시절 문제아 였는지 감히 짐작할 수 있으리라 본다.

졸업 후에는 지난날의 과오와 나태함을 반성하며 사회라는 거대한 바다에서 열심히 살아보려고 부단히 물장구를 쳐댔지만, 나의 눈에 비추어진 우리 사회는 신성한 노동의 땀방울이 정당한 대가를 받지 못하는 사회였고, 기성세대는 부정과 부패를 빚어내고 있었으며, 아울러 진정한 실력있는 사람이 당당히 자신의 능력을 인정받기보다는 학연과 지연, 그리고 인맥으로 살아가는 한마디로 정당치 못한 사회였다.

처음 사회에 뛰어든 후 제과기술 국가 자격증을 취득하여 하루 14시간씩 한 달에 두번밖에 못 쉬며 제과점에서 받았던 봉급은 겨우 16만원. 그 당시 내가 얼마나 열악하고 암울한 처지였었는지 지금도 그때의 기억을 쉽사리 지우지 못한다. 그 제과점 주인뿐만 아니라 우리나라에는 지금 이 순간에도 신성한 노동을 착취하는 악덕 기업주가 한두 명이 아니라 생각한다.

비록 우리 사회에서 원하는 공부 잘하고 선생님 말씀 잘 듣는 FM학생은 아니었지만 나는 지금껏 인생이란 백사장을 걸어오며 정도를 벗어나거나 신의를 저버리고 나의 사리사욕만을 위하여 남을 죽이는 행위는 한번도 하지 않았다고 당당히 말할 수 있다.

또한 이러한 성격과 둥근 인간성 때문에 나의 주위에는 항상 많은 친구들이 곁에 있었다. 공부는 못하였지만 많은 책을 읽으며 사색에 잠기기도 하였고, 독서를 통하여 학업에서 얻지 못한 교훈과 지식을 나름대로 채워나가며 성장기를 보냈었다. 하지만 우리 사회는 노력하는 자보다는 이미 완성이 되어 있는 자, 그리고 줄 있는 자들만이 잘 살 수 있는 그런 사회였다. 기성세대에 대한 불신과 내 자신에 대해 한없는 회의에 빠져있을 때, 나는 대학을 나온 이보다 더 실력 있는 자가 되어서, 비록 계란으로 바위치는 꼴이 될지라도 이 사회에 정면으로 부딪쳐보자는 오기가 생겼고, 그래서 생각해 낸 것이 국제화 세계화 시대를 예감하고 영어 회화에 몰입하기 시작했다. 하루 14시간씩 제과점에서 일하면서도 매일 아침 TV생활 영어를 녹화해서 밤마다 이불 속에서 중얼거렸고, 한달 28일, 매일 14시간씩 밀가루와 씨름하면서 나의 노동의, 땀방울의 대가로 받았던 16만원이란 돈의 대부분인 14만 원을 투자해서 외국인 영어 강사의 회화교육을 받았다.

그리고 매주 주말이 되면 이태원을 내집처럼 드나들듯 그동안 배웠던 영어회화를 시험하는 장소로 삼았었다. 지성이면 감천이라고 이태원을 출입한 지 6개월이 지나자 영어와 관련된 직장에 취직할 수 있는 계기가 우연히 다가왔다. 이국에서의 외로움을 달래기 위해 혼자 이태원에 놀러 나왔던 미국인 할아버지 한 분과 만나 밤새 많은 대화를 나누다 이분이 어떻게 나를 잘 보았는지 미8군에 취직할 수 있는 방법을 가르쳐 주는 게 아닌가. 그리고 밤샘 대화에 시간 가는 줄 모르다가 새벽 동이 터 오를 무렵엔 미8군내에 데리고 가 아침까지 사주며 8군 구내 이곳 저곳을 구경까지 시켜주었다. 얼마후 미8군에 취직을 할 수 있는 길은 열렸지만 거기엔 또 다른 벽이 나를 가로막고 있었다.

미8군 인사과에서도 한국인 직원을 채용하는데 한국사회와 마찬가지로 대다수 직종이 대학 졸업장을 요구하고 있었던 것이다. 그것은 대학 졸업장을 가지고 있는 8군내 기득권 한인직원들이 만들어낸 입사 방침이었던 것. 영어를 잘하는 것이 가장 먼저 요구되는 입사와 승진의 요건임에도 불구하고 말이다.

더불어 그곳에서도 보직 인사와 직급 승진을 하는데도 청탁과 부정이 끊임없이 행해지고 있었다. 하지만, 배짱과 오기, 그리고 운동을 통해 얻게 된 나의 끈기는 내 마음에 또다른 오기를 불어 넣어 주었다.

나는 직장의 일과를 마치고 나면 남들처럼 바로 퇴근을 하지 않고 코큰 친구들을 사귀어 가며 영어 회화를 더욱 더 잘하기 위하여 노력하였고 결국엔 미국인 상사의 눈에 띄어 그 분의 추천을 받아 대학 졸업장 없이도 대학 졸업장을 가지고 있던 경쟁자를 물리쳐 미8군 생활 3년만에 승진을 두번씩이나 할 수 있었다.

이때부터 내 마음속엔 미국이란 사회에 대해 막연한 동경의 싹이 자라고 있었고 껍데기보다는 그 사람의 살고자 노력하는 자세, 삶에 대한 성실성, 그리고 실력으로 인정받는 미국사회가 너무나 부럽고 나에겐 지상천국 같은 느낌을 갖게 했다.

1년 간의 유학준비를 마친 뒤 어머님 사랑의 눈물을 뒤로한 채 고향이란 울타리를 벗어났던 그때가 바로 엊그제 같건만 벌써 미국이란 타향 하늘아래서 나만의 둥지를 튼지도 만 5년이 넘었다.

그간 미국 본토 생활에서 항상 느끼게 되는 것이 미국은 기회의 나라이고 노력하는 것만큼 대가를 얻을 수 있는 나라라는 점이다.

비단 나뿐만이 아니라 많은 교포들, 그리고 어떠한 이유에서든지 미국에서의 생활을 했던 사람들은 나의 생각에 공히 공감하리라 믿어 의심치 않는다. 나는 오늘도 미국이란 선진국에서 수많은 물질과 문명의 혜택을 누리며 질 높은 삶을 영위해 가고 있지만, 뿌리는 속일 수 없기에 언제나 아니, 지난 93년 7월 1일 김포

공항을 떠나던 그 날부터 지금껏 한번도 고국의 소식에 귀를 기울이지 않았던 적이 없었다.

누구나 다 경험이 있을 것이다. 친구나 친척 등 자기보다 잘 사는 집에 놀러 가면 좋은 환경에 압도되어 부럽고 좋은 감정이 들지만 비록, 그곳보다 못한 자기 집의 편안함을 그리워했던 기억들이 다 있을 것이다. 나또한 마찬가지이다. 미국이란 나라에서 살면서 질 높은 생활환경 그리고 물질문명의 혜택을 충분히 받을 수는 있지만 언제나 집생각과 우리나라도 하루 빨리 미국처럼… 하는 여운과 바람을 갖게 된다.

정신없이 살아온 나의 인생을 되돌아보며 또다른 목표를 세우고자 나는 이 책을 쓰게 됐다. IMF라는 극한 처방을 통해 비록 지금의 생활은 뼈를 깎는듯한 고통이 동반될지언정 이것을 계기로 우리의 잘못된 관습이나 생활방식도 고쳐질 수 있다면 우리도 언젠가는 미국과 같은 선진국가, 신성한 노동의 땀방울이 진정한 대가로 다가올 수 있는 사회 그리고 노력하는 사람에겐 잘 살수 있는 기회가 제공되는 사회, 정도가 통할 수 있고 이상을 실현할 수 있는 사회가 반드시 이루어지리라 의심치 않는다.

부디 이 책이 내 인생의 새로운 목표를 향한 힘찬 첫걸음이 되기를, 그리고 우리 사회에 잘못된 관습과 생활 자세를 바로잡는 데 일조할 수 있다면 그간 원고를 쓰며 나쁜 머리 굴리느라 수없이 피워댄 담뱃값이 결코 아깝지 않을 것이며 컴퓨터 자판 두들겼던 나의 손가락들이 작은 긍지와 보람을 느낄 수 있을 것이다.

나는 상놈이 양반보다 좋다

주한 미8군에서의 3년간의 직장생활, 그리고 미국이란 나라에서 나만의 둥지를 틀고 생활한 지 만 5년, 도합 8년 동안의 시간을 코가 커서 코딱지도 큰 아이들의 세계를 이방인의 모습으로 지켜보며 항상 부러웠던 것이 이들 생활의 합리주의 그리고 실용주의라 말할 수 있다. 그리고 이런 모습을 지켜보면서 우리나라도 저랬으면⋯ 하는 부러움에 휩싸였던 적이 한두 번이 아니었다.

우리는 흔히들 아무데서나 뽀뽀를 하고 아버지나 할아버지 등 윗사람에게 존경어가 아닌 'YOU'로 표현하는 이들의 언어와 생활의 일부를 비아냥거리며 이들을 상놈이라 일컫곤 한다. 그리고 5천년의 무수한 역사를 지니고 있는 우리는 양반이라 일컫는다.

하지만 상놈들인 그들은 미·소 냉전이 종식되면서 경쟁자 없이 전세계를 이끌어나가는 독주체제를 이어가고 있고, 88올림픽을 전후로 한때 잘 사는 나라 행세를 하였던 우리나라는 IMF라는 긴급 투약을 받으며 최소한의 경제도 위협받고 있는, 한마디로 똥줄 타는 모습이 되어 버리고 말았다.

한때 잘 사는 나라 행세를 하면서 수많은 사람들이 해외로 여행을 다녔었다. 하지만 다른 세상의 다른 모습을 통하여 견문을 넓히고 그것을 바탕으로 조금 더 나은 생활을 지향하기보다는 남이 가니까 나도 간다는 식으로의 여행이었다.

수많은 사람들이 해외여행을 통하여 다른 인종들이 사는 모습을 보고 견문을 넓혔음에도 아직도 우리의 생활상은 권위주의·획일주의·허세주의·관료주의 등 좋지 못한 관습과 악습들이 우리 생활 주변에 만연하고 있다. 무조건 남의 것을 숭배하자는 이야기는 절대로 아니다.

남들이 가지고 있지 못한 귀중한 우리의 것도 있음은 분명하다. 좋은 우리의 것을 지키며 합리적이고 실용적인 남의 것들을 우리의 것으로 만들어 더 좋은 우리의 것을 탄생시키자는 이야기이다.

지난 연말부터 지금껏 태평양 건너오는 조국의 소식들은 참담하기가 그지없다. 최소한의 생계마저 위협받고 있는 수많은 가정들의 어두운 모습을 신문지상을 통하여 접할 때마다 암담하기 이를 데 없다. 미국의 유명한 시인 페추릭은 이런 말을 하였다.

'고통은 인간을 생각하게 만들고, 생각은 인간을 지혜롭게 만든다. 또한 지혜는 인생을 견딜만한 것으로 만든다'

현실적인 고통과 어려움을 겪어보지 않은 자는 함부로 이야기할 수 없겠지만 현재의 고통을 비관하기보다는 우리의 어둡고 힘들었던 지난 날의 역사를 되돌아보며 IMF라는 경제 대란을 기필코 이겨나가리란 낙관을 하였으면 좋겠다. 그리고 이 기회에 우리의 좋지 못한 악습과 관습을 모두 떨쳐내 버리고 후손들에게는 정의와 이상이 지켜지는 세상을 만들어 주었으면 하는 바람을 가져본다. 우리 선인들이 하신 말씀 중에 '형만한 아우없다'라는 이야기가 있다. 한 살이라도 더 먹은 사람이 그만큼 나이값을 한다는 이야기일 것이다.

인디언들이 쏘아대는 화살 사이를 요리조리 피해가며 거대한 땅덩어리에 미국이란 나라의 역사책을 쓰기 시작한 지 이제 겨우

2백년이 조금 지난, 신이 축복을 내린 나라라는 미국, 5천년이란 무수한 역사를 자랑하는 우리 한민족.

역사와 전통으로 따지자면 분명 우리는 미국보다 형이다. 형도 그냥 형이 아니라 종가집의 맏 형님뻘이 될 것이다. 하지만 사회·경제·정치 등 모든 면에서 우리는 미국보다 형임에도 불구하고 동생보다 더 못한 생활을 하고 있다.

'인순고식'(因循姑息)이란 말이 있다. 구습을 고치지 아니하고 목전의 편안함만을 취한다는 이야기이다. 아무쪼록 '상놈(미국)이 양반(한국)보다 잘 사는 이유'라는 이 책을 통하여 우리의 잘못된 구습을 떨쳐버리고 IMF라는 긴긴 어둠의 터널을 하루 빨리 빠져 나갈 수 있기를 기원해 본다.

살림은 파란 눈 부부생활은 검은 눈?

　내 나이 삼십이고 주위의 친구들이 거의 모두 결혼을 했고, 그 중에는 벌써 학부형이 된 친구들이 있으며 꿀맛 같은 신혼을 즐기는 친구들도 많다. 이들은 가끔씩 안부를 전하는 편지나 전화를 해오는데 그 내용의 대부분은 '언제 결혼한 거냐?' 라는 반 협박성 질문들이다.

　또 태평양 건너 계시는 부모님들도 '아주 노총각으로 늙어 죽을 셈이냐'고 재촉하시기 때문에 나는 가끔씩 '나와 함께 힘든 인생이란 항해를 함께 헤쳐나갈 여인이 누가 될까?' 라는 공상을 하곤 한다.

　그렇지만 역시 나는 허벅지에 박힌 굳은 살을 바라보며 또다른 굳은살을 만들기 위하여 은장도 옆에 끼고 이 긴긴 밤을 어찌 지새울까? 고민하는 청상과부처럼 '나는 밤이 무서버?'를 연발하며 땅구를 굴리는 불쌍한 청춘이다.

　만약, 우리 사회에 일부다처제가 부활한다면 나는 '부부생활은 한국여인과 그리고 일상적인 결혼 생활은 미국여성과 하고 싶다' 라는 얼마전 파키스탄에서 실시된 핵실험보다도 더 살벌한 생각을 하곤한다.

　생긴 것만큼이나 털털하고 활발한 성격 때문에 내 주위에는 항상 친구들이 많았었다. 남녀를 불문하고 말이다. 미8군에서 직장 생활을 시작하면서 미국인 친구뿐만 아니라 프랑스 스웨덴 등 유럽 친구들을 사귈 수 있었으며, 지난 5년 간의 미국생활로 더 많은 코큰 친구들을 사귈 수 있게 되었다.

그러다 보니 나는 가끔씩 본의 아니게 한국여성과 미국인으로 대표되는 서양여성들을 비교하곤 하였다. 햄버거와 스테이크 그리고 빵으로 일컬어지는 미국의 식단이 나의 식성을 대표하는 김치 고추장, 그리고 된장 연합군에게 눈탱이가 밤탱이 되듯 초토화되지 않았고, 우리 어머니의 강력한 반발이 없었다면 나는 벌써 노란 머리에 파란 눈으로 상징되는 서양여자와 함께 즐거운 결혼생활을 하면서 '나는 밤이 무서버!' 대신 '나는 밤이 즐겁어!'를 연발하며 저녁 밥상 물리기가 무섭게 이부자리를 깔아 젖힐 것이다.

또한 타고난 체력덕분에 나의 와이프되는 사람은 요즘 전세계적으로 선풍을 일으키고 있는 '비아그라'의 반대현상을 일으키는 약을 찾으러 눈썹이 휘날리게 돌아다닐 것이다.

내가 서양여자들의 대명사격인 미국여성들에게 후한 점수를 주는 것은, 그들은 자신들이 신체적으로 남성보다 약하다는 현실적인 핸디캡을 후천적인 노력으로 극복하려하며 자신들의 부단한 노력으로 남성들과 어깨를 나란히 하려는 그들의 사고 방식이나 삶의 자세를 높이 사기 때문이다.

몇가지 예를 들어보자. 나는 한국에서도 운전를 하며 타고난 역마살덕에 주말이면 집에 붙어 있지 않고 '젊음이 나를 부른다'라는 이유 같지 않은 이유를 대며 여기저기 싸돌아 다녔지만 우리나라 여성들이 길가에서 구멍난 타이어를 갈아 끼우는 것을 한번도 보지 못했다.

그리고 자신의 차에 오일이나 다른 기타 차량의 점검을 손수하는 여성 또한 한번도 보지 못하였다. 하지만 미국에서는 흔히 볼 수 있는 모습들이다.

이번에는 여성들의 생활력을 한번 살펴보자. 다른 문화, 다른 생활 환경의 차이가 있겠지만 미국여성들의 생활력은 한국여성과는 비할바가 아니다. 이들의 머리에는 남녀 구분할 것 없이 인간이면 누구나 땀을 흘리며 일해야 하고 그래야 먹고 산다는 기본적인 삶의 철학을 가지고 있다.

강인한 생활력 그리고 삶의 철학이 있었기에 미국으로 대표되는 서양여성들의 여권신장이나 사회 생활에서의 여성이기 때문에 받아야 하는 부당한 처사가 한국이나 일부 아시아 어느 국가보다도 훨씬 널할 수 있었을 것이다.

우리나라의 일부 여성들처럼 대학을 시집 잘 가기 위한 필수 코스로 생각하며 힘세고 일 잘하는 튼튼한 일벌을 끌어 모으기 위해 겉모습에만 치중, 젊음을 낭비하는 여성들의 숫자도 이곳 미국은 한국보단 훨씬 덜한 정도가 아니라 없다고 한들 누가 나에게 돌을 던지리요?

미국의 여성들은 대학이나 젊음의 시간들을 잘난 신랑 만나기 위한 코스로 생각하기 보다는 자신의 인생을 값어치 있게 만들기 위해 부단히 노력하는 시간으로 할애한다. 그렇기에 의사 부인에 목수 남편, 교수 부인에 식당웨이터 남편 같은 우리 사회에서는 흔히 볼 수 없는 커플들을 미국에서는 흔하게 볼 수 있는 것이다.

남자는 돈벌고 여자는 살림하고라는 전 근대적인 사고방식이나 고정관념이 이곳 여성들에게는 존재하지 않는다. 생활력이 있기에 무조건 참고사는 일그러진 결혼생활을 하기 보다는 이혼을 택하는 사고방식을 가졌기에 이혼율이 한국이나 다른 아시아 국가

보다 높은 이유도 여기에 있다 할 수 있을 것이다. 우스개 소리
로 이곳 교민사회의 젊은이들도 못생긴 여자는 용서할 수 있지만
직업없는 여성은 용서받지 못한다라는 농담도 하곤 한다.

물론, 한국남성과는 달리 미국남성들의 가사 분담도 미국여성
들의 활발한 사회생활 참여에 도움이 되겠지만, 그렇다고 미국여
성들이 사회생활을 이유로 가사를 등한시하는 것은 결코 절대 아
니다.

주말이면 화단을 가꾸고 청바지에 머리 조여매고 집안에 페인
트칠이나 못질을 하며 집단장을 하는 남자다운 모습을 볼 때마다
나는 서양여성들의 여권신장이 아시아 국가들보다 훨씬 빠르게
이루어진 이유의 정답을 쉽사리 찾을 수 있었다. 미8군에서 근무
할 때 한 번, 그리고 미국에 처음 와서 한 번, 합쳐 두 번의 미국
여성들에게 나는 데이트 신청과 구혼 요청에 숏다리로 도망 다니
느라 정신이 없었던 기억이 있다.(그것도 한번은 흑인여성에게…)

물론 한국도 요즘은 신세대들의 사고 방식상 여성들이 남성에
게 데이트 신청을 하며 여성이 남성을 사귀려는 적극적인 사고
방식이 생겨나고 있다곤 하지만 미국이나 서양 보단 덜하리라 본
다.

자신이 원하는 사랑을 얻고 싶은 인간의 욕망은 피부색깔이나
사용하는 언어를 초월하여 인간이면 누구나 가지고 있는 공통된
욕망일 것이다. 사랑하는 사람에게 말 한번 못해 보고 등만 쳐다
보는 사랑을 하기 보다는 자신의 사랑을 위하여 당당한 모습을
보일 수 있는 행동자세, 그 사랑의 성공여부를 떠나서도 적어도
먼 훗날 후회는 하지 않을 것이다.

지금 이 순간에도 남녀 평등을 강력히 부르짖으면서도, 망치질
이나 구멍난 타이어를 갈아 끼울 때면 남자를 찾아 다니며 자신

들의 편의에 따라 '여자이니까!'를 외치는 한국의 여성들, 진정으로 그대들이 여권 신장과 남녀 평등을 원한다면 미국여성들의 삶의 자세를, 그리고 삶의 철학을 신림동 순대나 곱창을 씹듯 곰곰이 그리고 오랫동안 씹어볼 필요가 있을 것이다.

먹는데도 급수가 있네

지난 92년도의 일이다. 성장기에 놀며 지내느라 못했던 공부를 해보고 싶고, 우리와는 전혀 다른 먼나라에 가서 선진문화를 배워 보고 싶다라는 야릇한 감정이 콩나물 새순돋듯 싹틀 무렵, 미8군내에서 알고 지내던 미국인 친구의 아버지는 나에게 이 감정을 행동으로 옮길 수 있도록 결정적인 역할을 해주었다.

1년간의 유학준비 계획을 세운 뒤 아무래도 나이가 들어서 시작하는 공부이고, 또한 우리 아버지가 돈 병철씨가 아니고 그렇다고 강남에 있는 배추밭을 팔아서 돈벼락을 맞은 졸부도 아니었기에 홀연단신 미국이란 낯선 나라에 가서 생활과 학업을 병행할 수 있을까? 라는 질문에 만점 답안은 아닐지라도 근사치에 가까운 답안을 얻고자, 사전답사의 성격으로 그 미국인 친구의 고향인 미시간 주로 함께 여행을 떠나게 되었다.

미8군에서 직장생활을 한 덕에 처음 와보는 미국이란 나라의 모습이 그리 낯설진 않았지만 그래도 넓은 땅덩이에 알 수 없는 부러움과 질투를 느끼며 여기저기를 기웃거렸다. 원하는 정보와 궁금했던 것들에 관한 답안을 하나 둘 메워나가는 도중 하루는 그 미국인 친구, 그의 사촌 그리고 나, 이렇게 셋이서 점심식사를 하기 위해 한 식당에 들어가 피자 한판을 주문해서 굶주린 곱창을 열심히 채웠다. 미국의 피자가 얼마나 큰지 한창 나이의 젊은 이 셋이 먹어도 몇조각 남게 되었다.

그러자 내 친구의 사촌이 웨이터를 부르더니 'DOGGY BAG'을 달라고 했다. 이게 웬 족발에 닭살 돋는 소리냐는 식으로 처음 듣는 단어이기에 친구에게 'DOGGY BAG'이 뭐냐고 물었더니 식당에서 남은 음식을 담는 용기를 말하는 말로써, 일종의 은어라는 설명을 듣게 되었다.

그러면 그냥 남은 음식을 가지고 갈 수 있는 용기나 봉지를 달라고 하지 무엇때문에 'DOGGY BAG'이라는 표현을 하느냐고 '경찰청 사람들'에 나오는 형사처럼 끈질기게 질문을 이어나갔다. 그랬더니 이 친구왈, 사람들이 남은 음식을 싸가지고 가는 게 왠지 자신이 없는 사람처럼 느껴지고 창피하게 보일지도 몰라서 집에 있는, 혹은, 있지도 않는 강아지에게 갖다 줄 것처럼 핑계를 대기 위해서 'DOGGY BAG'이란 은어가 생겨났다는 유래를 듣게 되었다.

지금은 한국에도 피자가 대중음식으로 자리잡았고 특히 자라나는 어린아이들에게는 유난히 지명도가 높은 음식이 되었다. 하지만 모든 음식이 그렇겠지만 피자는 따뜻할 때 맛이 있는 것이지 일단 식게 되면 할머니 가슴마냥 말라 비틀어져 생김새뿐만 아니라 맛도 월등히 차이가 나게 된다.

한국에서 성장한 나는 이들의 행동을 보고 '쓰벌! 쫀쫀하게 그냥 가지 뭐하러 말라 비틀어진 피자몇 조각도 싸 갖고 가나'하는 생각을 가졌었다. 그 다음해인 93년 나는 일 년 동안의 준비기간을 거쳐 대망의 유학길에 올랐고, 자판을 두드리며 원고를 쓰고 있는 지금, 벌써 강산의 반이 변해 버린 세월이 흘러버렸다.

그런데 먹다 남은 피자를 싸가지고 가던 미국인 친구의 사촌을 바라보며 '쓰벌…' 하던 나의 사고방식은 180도 지루박에서 360도 회전을 두 번 나누어 하듯 완전히 바뀌고 말았다.

지금은 미국사회내에서도 'DOGGY BAG' 이라는 단어는 자취를 감추고 'TO GO BOX' 란 단어를 당당하게 사용한다. 그만큼 남은 음식을 싸가지고 가는 게 더 이상 집안에 있지도 않는 강아지를 팔아가며 남의 눈치를 보던 시절은 지나가고 남은 음식을 싸가지고 음식 쓰레기도 줄이고 그 음식을 다시 먹으며 누리게 되는 알뜰살림 방식이 완전히 정착되었기 때문이다. 한국에 있을 땐 매일 먹는 김치와 된장, 그리고 고추장이 너무 지겨웠었다. 미국으로 이민가는 친구를 전송하며 '너는 정말 좋겠다. 이제는 매일 햄버거나 스테이크, 피자 같은 양식만 먹을 수 있으니' 하던 기억도 난다.

인간이란 동물이 참으로 양면성을 지닌 그리고 간사하다는 이야기를 내 자신을 바라보며 자주 느끼게 된다. 그렇게도 좋아하던 양식이 미국에 도착하는 순간부터 고추장 된장, 그리고 김치 연합군에게 전멸하여 어디론가 자취를 감추어 버리고 말았다.

특히 나 같은 경우는 8군에서 알고 지내던 친구의 배려로 그 친구의 집에서 숙식을 제공받으며 미국 유학생활을 시작한 덕에 미국에 도착한 지 무려 15일이 지난 후에야 한국음식을 반구걸식으로 대면하게 되었고 김치와 된장찌개가 빚어내는 매콤, 구수한 냄새에 눈시울이 뜨거워졌던 미국생활 초창기의 기억이 있는지라 지금도 일주일에 양식은 한번도 안먹는다.

머리에 짱돌을 맞아가며 '나는 공산당이 싫어요' 라고 외치며 반공사상을 우리에게 심어주고 먼저 간 고 이승복형님처럼 나는 누가 내 머리를 짱돌로 내려칠 망정 '나는 양식이 싫어요' 를 외칠 준비가 되어 있으며, 오로지 김치요 않으나 서나 된장이요, 그리고 고추장을 찾는다.

아직도 장가를 못가고 화려한 싱글이기를 고집하기에 하루 한 끼 이상은 밖에서 해결을 한다. 그것도 교민이 운영하는 한국식당에서 말이다. 음식은 한국음식을 선호하지만 음식문화, 식당 문화만큼은 언제나 미국인의 팔을 들어줄 만큼 그들의 문화를 배워야 된다는 생각은 변함이 없다.

나도 이제는 30대에 접어들면서 기억력이 흐려지기 시작한 덕에(원래 머리가 안 좋음)얼마전 한국 신문기사에서 접했던 '음식 쓰레기'에 관한 기사를 접한 적이 있으나 정확한 내용은 기억이 나지 않지만 기사는 음식 쓰레기 처리문제로 고심하며 그에 따른 경제적 손실이 어마어마하다는 것이 주내용이었다.

내가 한국에서 생활하던 예전에도 주문식 식단제라는 것을 운영했던 기억이 난다. 한가지 음식을 시키면 동네 양아치 마냥 우르르 몰려나오는 반찬의 손실을 줄이기 위하여 주문식 식단제를 잠시, 아주 잠깐 운영하였지만 끝내 정착되지는 못했던 기억이 난다. 그리고 이곳 미국 교민들이 몰려 사는 한국식당을 가 보아도 아직도 반찬들은 동네 양아치 마냥 우르르 몰려다니고 남은 음식을 싸 가지고 가는 사람은 몇명 안되는 수치이다.

왜, 그럴까? 괜스레 자신이 없는 사람처럼 여겨지는 것 같고 남들이 안하는 짓을 혼자서 하자니 쑥스러울 것같은, 우리네 주위 사람 눈치보기, 개똥철학 때문인 것 같다.

식당문화와 예절도 한번 살펴보자. 한국에서도 그렇고, 이곳 교민 식당에서도 종종 보지만 나는 식당에서 종업원에게 무조건 반말을 하는 몰상식한 손님을 보며는 정말이지 비오는 날 무지개 뜰때까지 패주고 싶다.

'법원권근'(法遠拳近)라는 말이 있다. '법은 멀고 주먹은 가깝다'는 이야기이다. 하지만 게임비 물어줄 경제력이 구축되지 않은 관계로 참는다. 허벅지를 바늘로 찔러가면서 말이다. 나의 눈으로도 보았고, TV드라마를 통해서도 간혹 보지만 갈비집 같은 곳에서 일하는 아가씨들의 엉덩이를 버스나 지하철 손잡이인 양 착각하고 만지는 사람들도 있다. 이런 사람들은 비오는 날 쌍무지개 뜰 때까지 맞아야 한다.

IMF한파가 몰려오기 얼마전, 한참 동남아로 정력 보신관광을 가는 우리나라 관광객들 덕분에 그곳 사람들이 다른 한국어는 몰라도 '빨리 빨리'는 누구나 알아듣는다는 기사를 접한 적이 있다. 식당에 가면 왜 이리들 '빨리 빨리'를 외치는 줄 모르겠다. 나도 그렇지만 이 글을 읽고 있는 독자 분들도 한번쯤 누구나 다 경험이 있을 것이다.

미국에서 서비스분야는 어디든지 팁 문화가 이루어져 있다. 가장 대표적인 곳이 식음료분야인 것 같다. 물론 양식을 싫어하는 나이지만 간혹 마지 못해서 미국인들 때문에 미국식당엘 가게 된다. 미국식당의 웨이터, 웨이츠레스들은 물론 열이면 열 다 그렇지는 않지만 열에 아홉은 손님으로 하여금 팁을 주게끔 만든다.

'어서 오세요? 안녕하세요?'라는 간단한 인사로부터 시작해 언제나 웃음을 잃지 않으며 손님의 의복차림도 멋있다. 어울린다는 칭찬도 곁들이며 자신의 직업에 대해 긍지를 가진 모습, 그리고 손님이 편안하게 식사를 마칠 수 있도록 최선을 다하는 그들의 서비스를 받았을 때 팁을 안 줄 수 없게 된다. 손님과 식당 종업원 사이에는 보이지 않는 서로의 인격에 대한 존중심이 있다. 손님이라고 종업원을 막대하지 않고, 또한, 종업원은 자신의 업소를 찾아준 그들에게 최고의 서비스를 위하여 최선을 다한다. 누구의 말처럼 최선을 다하는 모습은 언제나 아름다워 보인다.

나도 유학 생활 초창기 한국식당에서 웨이터를 했지만 최선을 다했고, 얻은 것도 많은 좋은 경험이었다. 식당뿐만 아니라 어느 분야건 자신의 직업에 자긍심을 갖고 최선을 다하면 무엇인가 얻는 즐거움이 문득 나기에 몇자 적어보았다.

각성하고, 이제는 우리도 바뀌어야 한다. 사람위에 사람없고 사람밑에 사람없다라는 말처럼 소위 3D업종인 서비스분야에 일한다고 해서 사람을 업신여기는 듯한 말투부터 고쳐야 한다. 갈수록 황폐화되어 가는 인간성, 그리고 아름다운 한국인의 인정이 메말라 가는 시대에 서로를 업신여긴다면 더욱 더 삭막한 세상이 될 것이다.

남은 음식은 서로가 싸가지고 가서 음식쓰레기도 줄이고 알뜰살림의 초석이 될 수 있는 삶의 지혜도 배워야 한다. 식당에만 들어서면 '빨리 빨리'를 외치는 조급성도 반드시 버려야 할 것이다. 서비스업에 종사하는 사람도 자신의 직업에 긍지를 갖고 최선을 다하는 자세도 배워야 할 것이다. 나는 무조건 미국인의 사고와 문화가 좋다는 서양주의 맹신자나 친미파가 절대로 아니다. 다만 좋은 것 유용한 것은 배워야 한다. 그렇다고 우리 것은 모두 나쁘다는 이야기는 절대 아니다. 다만 좋은 것을 배워서 우리의 좋은 것과 접목시킬 수 있다면 IMF라는 긴긴 어둠의 터널을 그만큼 빨리 빠져나갈 수 있다는 것이 나의 작은 소신이기 때문이다.

칠순 노인도 컴퓨터 도사

미국의 거의 모든 학교들은 6월에 일년간의 교육과정이 끝나고 9월에 새학기가 시작된다. 그러다보니 대부분의 학교 졸업식들도 6월에 행해 진다. 그런데 졸업식장, 특히 대학교 졸업식에 가보면 우리 한국사회와는 다른 특이한 점이 있다. 바로 졸업생들의 연령층이다.

한국의 대학 졸업식장에 가면 졸업생들 거의 모두가 나이가 비슷한 그 또래들이다. 하지만 미국의 대학 졸업생들의 평균나이는 아마 서른 이상들은 족히 될 것이다. 바로 평생 배우는 그들의 교육환경에서 야기된 풍경이다.

내가 한국에서 생활할 때도 그리고 지금도 가끔씩 신문 사회면에서 고령의 나이에, 또는 때를 놓친 사람들이 만학의 길을 걷는 모습을 기사화하곤 한다. 흔하지 않은 모습이기 때문인 것이다.

하지만 이런 모습들이 미국에선 일상생활처럼 당연시되어 기사거리가 되지 않는다. 늦은 나이에 대학 배움의 꿈과 미국이란 신세계에서의 제2의 삶에 대하여 망설일 때 결정적인 동기부여를 해주었던 미8군내에서 만났던 친구의 아버지가 있다.

미공군 중령이셨던 이 분은 내게 미국유학의 기회가 다가와 있었지만 늦은 나이를 내세우며 망설일 때 자신의 경험담을 들려주면서 나에게 유학을 결정할 수 있게 도와 주셨던 분이었다. 이 분은 고등학교를 졸업하고 술과 대마초를 하루 세끼 밥먹듯 하며 젊음을 낭비하다 자신의 나이 25세가 되던 해 무언가 깨달은 바가 있어 대학진학을 했고 ROTC를 거쳐 공군에 입대, 현재는 공군 대령으로서 나라에 충성하며 그리고 정년을 몇년 앞두고 있는 지금은 목사로서의 탈바꿈을 꿈꾸며 또다시 신학교에 다니고 있다. 은퇴이후의 값진 인생설계를 하고 있는 것이다.

미국유학 초창기시절 나는 학업과 생활을 병행하느라 가급적 야간강의를 들었으며 낮에는 학비와 생활비를 버는 주경야독의 생활을 한동안 했어야 했다. 그 당시 강의에 참석하는 학생들의 나이가, 나 또한 24살이라는 늦은 나이에 대학문을 두들겼음에도 불구하고 주위를 모두 봐도 내가 가장 나이어린 영계였었다.

동급생중엔 돌아가신 나의 할아버지 또는 할머니 나이쯤 되는 노인들이 백발을 휘날리며 젊은 사람들 틈에서 강의를 진지하게 경청하는 모습이 보기 좋았다. 또 하루일과를 마치고 군복도 갈아입지 않은 채 강의에 참석한 직업군인, 휠체어를 타고 저녁 늦은 강의에 참석한 장애자의 모습 등이 아직도 나의 뇌리에 깊게 남아 있어 배움의 길에는 끝도 없고 또한 특별한 시기와 장소가 없다라는 삶의 철학을 가슴 속에 갖게끔 충분한 동기 부여를 해 주었다.

사람은 흔히 사회적 동물이며 환경의 지배를 받는다고 한다. 나 또한 한국에서 계속해서 생활을 했다면 내 인생에 큰 변화가 없었으리라 추측한다. 늦은 나이에 공부하기가 쉽지 않은 우리네 교육 현장과 사회의식, 그리고 주위의 눈치도 봐야 하는 우리의 성숙하지 못한 사회 분위기 때문에 말이다.

미국이란 나라는 고등학교 졸업장만 있으면 고등학교를 졸업한

지 몇년이 지났던 아무때나 자신의 필요에 의해 대학문을 두드릴 수 있다. 그리고 자신을 위해 준비되어 있던 것처럼 잘 열린다.

동서부 어느 주 어느 도시를 가더라도 도서관이나 커뮤니티 칼리지(지역 전문대)가 활성화되어 있기에 굳은 머리를 서서히 움직이며 자신의 생활도 병행하여 2년의 수업과정을 마치고 나면 거기에서 얻은 성적을 토대로 4년제 대학으로 편입할 수도 있다.

도서관이야기가 나왔으니 잠시 도서관에 관해 이야기 해야겠다. 미국 어느 마을을 가더라도 공립도서관 시설이 참으로 잘 되어 있다. 여기서는 시설을 논하자는 것이 아니라 도서관을 찾는 사람들을 이야기하고 싶다.

어린 자녀들의 손을 잡고 도서관을 찾는 가족들의 모습, 백발의 노인이 걸음도 잘못 걸으면서도 도서관을 찾는 모습, 그리고 이민자들을 위하여 각국의 소설책이나 잡지, 신문 등도 배치해놓는 미국정부의 배려(한국신문과 각종 월간지, 소설책 등도 구비되어 있다), 미국인들 그리고 미국사회의 책을 가까이 하는 모습과 어려서부터 부모들의 손을 잡고 마치 도서관을 놀이터 드나들듯 하는 미국인들의 구조의식에서 선진국민의 또 다른 면모를 접할 수 있었으며 한국인의 일인당 평균 독서량의 숫치가 떠올랐던 기억이 있다.

또한 최근에는 미국전역의 커뮤너티센터나 대학 및 도서관 등에 컴퓨터 강습공고가 붙자마자 노인 수강생들의 수강신청이 몰려 새로운 강습 강좌를 증설하는 것도 모자라 대기자 명단이 길게 이어져 있다고 한다.

시대에 뒤떨어지지 않으려는 배움의 욕심, 그리고 새로운 문명을 통하여 멀리 사는 자식 또는 손자, 친구들과 E메일을 하려는 노인들의 배움에 대한 열정, 공부와 배움에는 정해져 있는 나이가 따로 없다라는 미국인들의 스스로 삶의 질을 높이려는 자세를 다시 한번 엿볼 수 있는 계기였다.

다시, 본론으로 돌아가자. 직장에서도 자신의 욕구와 능력 배양을 위해 대학 교육을 원할 경우 웬만한 기업에서는 대학 교육비를 전액, 또는 일부 보조를 해주는 기업의 배려도 뒤따른다.

학점을 따는 대학교육뿐만이 아니라 삶을 살아가며 자신이 궁금해 하는 분야, 또는 관심 있는 분야의 지식을 얻기 위해 대학의 문을 두드리는 경우도 있다. 물론 이런 경우는 학점과는 관계없이 지역대학에서 주민들을 위하여 특별히 교양반 같은 형식으로 수업을 진행한다.

또한 수많은 통신·방송대학 등이 미국인들의 수준높은 교육을 위해 곳곳에 산재해 있다. 인생의 경험이나 자신의 직업 혹은 특기의 경력을 학점으로 인정해 주며 많은 사람들의 배우고자 하는 욕구를 채워주며 공부하는 분위기, 공부할 수 있는 환경의 조성을 위해 노력한다.

최근에는 인터넷의 등장으로 더욱 더 늦은 나이에, 그리고 평생 공부할 수 있는 제도적 장치가 더욱 더 좋아지고 있으며, 하버드 같은 아이비 리그의 대학들도 인터넷 수업을 시작했으며 앞으로 이런 방식을 도입하는 학교의 숫자가 더욱 더 늘어날 것은 불을 보듯 뻔하다 할 수 있을 것이다.

얼마전 미국을 공식 방문한 김대중 대통령께서 LA교민 만찬회에서 하신 연설중 일부는 참으로 인상적이었다. 김대통령 자신께서도 나이 48세에 영어를 배웠다… 라는 연설 내용은 만학을 한 나로서는 정말 공감이 가는 이야기였다.

많은 사람들이 성인이 되어 자신의 생활이 안정되면 그 자리에 안주하려는 의식으로 또다른 배움을 거추장 스럽게 여기거나 "이

나이에 이런걸 배워서 뭐해?"하는 식으로 자기 도태의 길을 택한
다. 미국속담에 'BETTER LATE THAN NEVER'라는 이야기가 있
다. '늦더라도 아예 하지 않는 것보다는 낫다'는 뜻이다.

유대인들의 교과서라고 할 수 있는 탈무드에 보면 인생에서 정
해져 있지 않은 두가지 때가 있다고 한다. 그중 하나는 '결혼'의
때이고 다른 하나는 '죽음'의 때라고 한다. 이 두가지는 특별히
정해져 있는 때가 없다고 한다.

나는 개인적으로 여기에 한가지를 더 추가하고 싶다. 바로 배
움의 시기를 말이다. 배움은 나이와 상관없이 우리가 필요로 할
때 언제든지 배울 수 있다는 자세와 용기를 가졌으면 한다.

베이컨은 '아는 것이 힘이다'고 했다. 베토벤은 '학문과 예술
만이 인간을 신성에까지 끌어올린다'고 했다. 리튼이라는 사람은
'펜은 칼보다 강하다'라고 했다.

얼마전 소떼를 몰고 판문점을 건넜던 정주영 회장같은 분도 비
록, 정규교육은 초등학교가 다였지만 신문박사로 일컬어질만큼
배우고자 하는 자신의 노력과 의지에 따라 얼마만큼 그 사람이
지식을 습득하고 삶의 질을 높일 수 있는지 우리에게 시사하는
바가 크다 할 수 있을 것이다.

좋은 직장과 안정된 생활을 위해서만 교육을 받는다는 것, 소
정의 목표가 달성되니 그 자리에 안주하려는 자세 그것은 분명
개인적으로나 국가적으로 발전이 없음은 물론 우리의 미래 또한
불투명해 질 것이다. 끊임없는 배움의 욕구를 충족시키기 위해서,
그리고 좀더 질높은 생활을 영위시키기 위해서는 배움에 대한 부
끄러워 하지 않고 언제든지 배울 수 있다는 성숙된 자세가 절실
히 필요하다.

그리고 그 환경을 조성할 수 있는 사회적 여건, 정부의 투명하

고 확실한 정책이 이루어질 때 우리나라가 선진국으로 가는 길이
조금은 더 앞당겨 질 것이라 본다.

정치인 = 정 안가고 치사한 인사

　요즘 미국내에서 '제리 스프링어'란 사람을 모르면 아침 이슬 맞고 침투한 간첩쯤으로 오인받기 십상일 것이다. 미국 부통령인 앨고어는 몰라도 제리 스프링어는 안다고 대답하는 아이들이 있을 정도니 말이다.

　'제리 스프링어'는 지난 10여년간 미국내 토크쇼의 일인자로 군림하던 흑인여성 '오프라 윈프리'를 아침에 화장실에서 볼일 보듯 가뿐히 한판으로 밀어내고 토크쇼 시청률 1위에 오른 '제리 스프링어'토크쇼의 진행자이다.

　이 쇼를 보게 되면 시작해서 끝날 때까지 시종일관 출연자들의 몸싸움이나 육두문자로 빚어내는 온갖 잡소리에 시간 가는 줄 모르고 시청을 하게 된다.

　출연자들은 일반인들로서 이들의 이야기를 듣고 있노라면 미국이란 나라의 앞날이 바로 내일 아침에 망할 것처럼 느껴진다. 조카의 여자친구랑 바람이 난 삼촌과 조카가 함께 출연하여 멱살을 잡고 주먹을 날리는가 하면 결혼이 코 앞에 닥친 커플이 출연하여 남자 또는 여자가 동성 연애자라는 사실을 폭로하기도 한다. 물론 그 동성연애자의 상대도 떳떳이 출연을 하며 바람난 부인, 또는 남편이 그 상대와 함께 나와 본부인 또는 본남편과 욕설과

싸움질 등을 하는 모습은 우리네 사고방식이나 일반적인 상식으로는 도저히 접수가 안되는 이야기를 들으며, 이 쇼를 지켜보고 있노라면 '미국이란 나라의 앞날이 과연 괜찮을 수 있을까?' 하는 의구심까지 생기게 된다.

최근 미국내의 또 다른 사회문제는 10대 청소년들의 총기에 의한 학교내 무차별 살인극이 골칫거리로 등장하고 있다. 10대 초반의 나이 어린 소년들에 의한 학교내 무차별 난사 살인사건으로 인하여 무고한 학생과 교사들 여러명이 그 아까운 생명을 빼앗긴 집단 학살사건은 지난 3년간 무려 10건에 가깝다.

※ 95년 1월 캘리포니아 래드란드의 중학교 13세 소년 의하여 1명 사망 1명 중상

※ 95년 10월 사우스 캐롤라이나 블랙빌의 고교 16세 소년에 의하여 2명 사망 1명 중상

※ 95년 11월 테네시 린빌의 고교 17세 소년에 의하여 2명 사망 1명 중상

※ 96년 2월 워싱턴 모세 레이크의 중학교 14세 소년에 의하여 3명 사망 1명 중상

※ 97년 2월 알래스카 베텔의 고교 16세 소년에 의하여 2명 사망 2명 중상

※ 97년 10월 미시시피 펄의 고교 16세 소년에 의하여 2명 사망 7명 중상

※ 97년 10월 캘리포니아 노왁의 고교에서 16세 소년에 의하여 2명 사망

※ 97년 12월 켄터키 워스트 프러듀카의 고교에서 14세 소년에 의하여 3명 사망 5명 부상

그리고 가장 최근인 지난 5월 30일 내가 살고 있는 시애틀 워

싱턴주에 인접해 있는 오리건주 스프링 필드라는 한 자그마한 동네의 사건까지 청소년들의 총기사고는 끝도 없이 일어나고 있다. (내가 시키지도 않았는데 말이다)

얼마전 TV뉴스에선 한 초등학교 학생이 권총을 소지하고 등교하다 발각되어 '왜? 총기를 지니고 왔느냐'고 물어보자, '자기에게 꾸지람을 한 선생님을 겁주려고…' 라고 대답해 많은 사람들을 놀라게 했다.

미국의 보통사람들은 자신들의 삶을 상당히 즐기며 살아간다. 그리고 미국 밖에서 발생하는 일들에는 그리 신경을 쓰지 않는다. 주어진 자신들의 일을 열심히 이행하며 '이번 주말엔 무엇을 할 것인가?' 올여름 또는 겨울휴가는 어디로 갈 것인가?'등이 그들의 관심사이다.

정치 · 경제 · 사회문제 등에 대하여 '감놔라 대추놔라' 하며 사공많은 배에 올라타기 보다는 자신들의 주어진 일만을 묵묵히 이행하며 그 일을 통하여 얻게 되는 노동의 대가로 자신들의 삶을 어떻게 하면 더 보람있고 재미있게 살아갈까?하는 게 미국 보통 시민들의 관심사이다. 미국 하면 민주주의 나라, 민주주의의 선진국으로 생각을 한다. 그러나 각종 선거의 투표율은 우리 한국보다 더 저조하다.

이유는 국민들과 정치인들 사이의 보이지 않는 신임의 벽이 두터워서이다. 많은 사람들이 투표에 참가하지 않을지라도 미국 정치인들이 정치 · 경제 등 자신들의 나라를 잘 이끌어나가리란 믿음이 있기에 투표율이 저조하다.

여러 인종과 수많은 인구가 미국이란 대륙에서 공존하고 있지만 이 나라를 이끌어 나가는 단 5%의 엘리트 집단인 정치인 · 과학자, 그리고 사회 지도층 인사들이 이 거대한 미국을 역마차 바퀴 굴러가듯 잘 이끌어나가고 있으며 일반 국민들은 이들을 믿고 그저 자신들의 삶을 즐기며 열심히 살아가고 있다. 나는 이것이 이 거대한 미국을 움직이는 힘이며 보통사람들이 잘 살 수 있는 진정한 민주주의 모습이라고 생각한다.

얼마전 나의 조국 한국에서 실시되었던 6·4지방선거, '국민의 정부'로 일컬어지는 신정부가 들어섰지만 여전히 편가르기식의 지역감정이 그 어느 때 보다도 더 심했었고, 상대방 흠집내기의 네거티브 선거판이었다. 새로운 정부가 구성된 지 열달이 가까운 시간이 흘렀건만 국회는 계속해서 굳게 닫혀 있었고, 새로 내놓는 정책이나 금융 구조조정 등은 더욱 더 일반시민들을 불편하고 곤혹스럽게 만들고 있다.

IMF로 인하여 길거리에 나앉는 실입자의 숫자는 길수록 늘어만 가고 그나마 자신의 직장에 마지막 잎새의 모양으로 불안하게 앉아 있는 사람들도 임금은 수치상 지난해에 비해 2.8%만 줄었다지만 상여금 등을 반납하는 회사가 많아 실제수익은 30%이상이 줄었다고 한다. 그러나 세금·사회보험·연금부담은 각각 9.2%, 13.6%, 21.7%나 늘어나 갈수록 보통 시민들의 경제는 더욱 더 힘들어지고 있다고 한다.

6공화국으로 불려진 노태우 전대통령시절부터 폐지하겠다던 18개 정부 투자기관의 이사장제는 경제가 이토록 어려운 IMF시대에도 굳건히 존재하고 있으며, 국민의 세금으로 살아가는 공무원의 임금도 약간의 삭감이 있었지만 일부 정부투자기관에선 IMF시대의 경제대란을 비웃기나 하듯 엄청난 퇴직금을 챙기고 있다. 게다가 국회의원들은 지난해 인상하겠다는 자신들의 세비를 인상치 않았을 뿐 긴축의 어려움은 전혀 등한시 하는 인상을 풍기고 있다.

서두에 언급한 '제리 스프링어' 토크쇼를 지켜보거나 미국내 청소년 총기사건을 보고 있노라면 미국이란 나라의 도덕성이 시궁창보다 더 냄새나고, 청소년들의 총기사건 문제로 마음놓고 자식들을 학교에 보내지 못할 것처럼 느껴진다. 하지만 미국이란 나라는 아직도 세계 최강대국으로 존재하고 있다.

　어느 나라, 어느 사회건 도덕성이 땅에 떨어진 사람들이 있을수 있으며, 청소년들의 문제도 그 표현방법이 다를 뿐 어느 사회에서나 일어나고 있다. 동방예의지국이라는 우리나라에서도 잘난유산때문에 부모를 살해하고 존속 폭행을 일삼는 인면수심의 인간들이 있는가 하면 학원 폭력으로 표현되는 청소년 문제들이 산재해 있지 않은가.

　내가 이야기 하고자 하는 것은 보통시민들이 자신들의 울타리안에서 별 걱정없이 생업에 종사하며, 거기에 대응하는 정당한대가로서 자신들의 삶을 맘껏 누릴 수 있는 사회 모습의 정착을이야기하고 싶다. 나는 정치를 잘 모른다. 그저, 많이 배우고 잘난 사람들께서 나라의 살림을 책임지고 운영하는 것쯤으로 생각한다.

　하지만 이런 식의 정치가 계속되어 간다면 다른 이가 아닌, 내자신이 제2의 김두한이 되어 국회의사당에 오물을 끼얹지 않을거라고 그 누구도 장담치 못할 것이다. 생활고에 찌들려 보험금을 노리고 자식의 손가락마저 자르는, 최소한의 인간성과 도덕성마저 파괴되어 가는 어두운 현실에 전 국민이 분노하며 착잡한마음을 달랠 길이 없는 상황인데도 여당 부총재의 4천만원 뇌물수수에 대한 구속 사건을 두고 "정치인 치고 그 정도의 액수를받지 않은 사람이 어디 있느냐?"며 그것도 변명이라고 국민 앞에당당히 고개드는 우리의 정치인들! 국민을 생각하는, 국민을 위한 정치는 정녕 한반도안에서는 이루어질 수 없단 말인가?

국민들은 나라살림을 정치인에게 안심하고 맡긴 채 그저 자신들의 일상에서 마음놓고 일하며 삶을 즐길 수 있어야 되겠고, 이런 국민들을 위하여 국민과의 신의를 져버리지 않는 진정한 국민의 심부름꾼인 정치인의 출현과 성숙한 정치의 모습이 이루어지지 않는 한 우리나라가 지향하는 선진국의 모습은 영원히 이루어지지 않으리라 생각된다.

임진왜란 직후 어려운 나라살림을 등한시하였던 백관들의 탐욕과 무능함을 개탄하고 근검할 것을 교훈하는 내용을 담고 있는 허전의 소설 '고공가'를 오늘의 정치인들에게 권장 도서로 추천하고 싶다.

피는 물보다 진한 것

남자들의 술자리에선 소위 '왕년에 내가…'로 시작하는 옛날 이야기가 자주 안주거리로 등장한다. 지금은 IMF로 인하여 나라의 경제사정이 마치 그네에서 미친 년 널뛰다 떨어진 모습처럼 처절한 모양이 되었지만 우리나라도 왕년엔 아시아에서 잘 나가는 '여섯 마리용' 중의 한마리 였다.

88년 서울올림픽을 전후해 잘 나가는 '용'의 나라에 가서 용봉탕 국물이라도 한그릇 얻어먹고자 '코리언 드림'의 꿈을 안고 국내에 들어온 많은 동남아 외국인들, 그러나 정작 '용봉탕'국물은 커녕 많은 악덕 기업주들로부터 내국인과의 임금차별, 부당 노동행위, 위험하고 열악한 작업환경속에서도 열심히 일했으나 월급도 제대로 받지 못하는 한마디로 '용! 용!'죽겠지 꼴이 된 경우가 많았다.

오래전 일이지만 'PD수첩'이란 TV프로를 통해 한국내 동남아 외국인 근로자의 부당 노동 현장의 모습을 볼 수 있던 기회가 있었다. 비록 피부색이나 사용하는 언어가 다른 외국인들이지만 동방 예의지국이란 거창한 형용사를 굳이 언급하지 않더라도 법치국가이자 자유의 나라인 우리나라에서 인간이하의 대우를 당하는 그들의 모습을 지켜보노라니 악덕 업주들이 만약 내 앞에 있었더라면 믹서기에 넣어서 강도 10도로 갈아버리고 싶었던 충동이 일었었다.

막말로 외국인, 우리 나라 사람이 아니니까! 하고 한번 넘어가 보자.(물론 믹서기 생각이야 나지만 말이다) 최근에 인터넷에 떠오른 조선족 동포들의 이야기를 보자. 이런 경우는 과연 무슨 변명을 할 수 있단 말인가?

내가 한국에서 생활할 때도 간간이 조선족 동포들을 상대로 한 사기꾼들의 이야기가 사회문제로 떠오르곤 했지만 얼마전 인터넷을 통하여 접하게 된 최근의 이야기는 정말이지…. 마늘냄새 풀풀 풍기는 '단군 신화'를 이야기하지 않더라도 우리가 한민족임에 토를 달 사람들은 분명없을 것이다. 최소의 동포애조차 배신하는 동족들 사이에서 조선족 동포들은 살고자 몸부림을 칠 수밖에 없었을 것이다.

특히 조선족 처녀들이 수난을 당하는 사례가 빈번하고 불법 체류자임을 협박해 매춘을 강요하는가 하면, 농촌으로 시집온 처녀를 시아버지가 성폭행하는 일까지 일어나고 있다고 한다. 같은 민족인 우리의 조선족 동포들, 특히 조선족 처녀들의 인권은 땅바닥을 뚫고 들어가 지하까지 스며드는 실정이다.

불법체류자들이 이런 비리를 당국에 신고하면 한국을 떠날 각오를 해야한다고 한다. 그래서 억울한 일을 당하고도 신고를 하지 못하는 사람들이 거의 대부분이라고 한다. 지금 이순간에도 얼마나 많은 우리의 조선족 동포들이 같은 피를 나눈 동족들에게 인권을 유린당하며 인간으로서 최소한의 권리마저도 짓밟히고 있지나 않을는지 모르겠다.

'철천지원'(徹天之冤)이라 했던가? 아버지의 나라이자 자신들의 모국에서 인권을 유린당하며 법의 사각지대에서 떠돌고 있는 조선족 동포들의 원한은 하늘에까지 치솟는 크나 큰 원한으로 남아 아마도 영영 지우지 못할 것이다.

미국내 한인 동포들의 사업장에서 심심찮게 멕시코 근로자들을 볼 수 있게 된다. 그들을 고용하는 주된 이유는 한마디로 표현하면 '품삯이 싸니까!'이다. 미국내 불법체류자의 대명사인 멕시코인들을 고용하면 현지인보다 적은 임금을 지불하면서 고용할 수 있다는 이점이 있다.

비단 한인 동포들의 사업장이 아니더라도 이런 경우를 종종 보게 된다. 하지만 적은 임금을 제외하곤 한국내 조선족 동포나 동남아 근로자들처럼 인권을 유린당하며 인간이하의 대우는 받지 않는다. 비록 불법 체류자일지라도 말이다.

몇 해전 국경을 통해 미국으로 밀입국하던 일부 멕시코인들이 국경수비대에 적발되어 엄청난 구타를 당하는 모습이 카메라에 잡혀 미국전역에 TV로 보도된 사건이 있었다.

방송을 보고 격분한 많은 멕시코인과 남미 이민자들이 들고 일어나 여론이 비등해 지자, 결국 이들은 변호사를 통해 남의 나라에 밀입국하려던 범법자였지만 자신들의 인권을 유린당한 값을 톡톡히 받아내 '라밤바'를 흥얼거리며 자신들의 조국으로 돌아갔고 미국정부는 국경수비대가 휘두른 매값(?)을 톡톡히 치러야만 했었다.

한인 동포들이나 미국으로 이민오는 사람들이 걱정하는 신세계에 대한 여러가지 불안요소 중의 하나가 보이지 않는 '인종차별'이라고 한다. 많은 사람들이 인종차별을 당할 때마다 빨다만 걸레를 입에 문 것처럼 육두문자를 뱉어내지만 나는 이것이 그다지 기분나빠 할 일이 아니라 생각한다.

어찌 생각하면 당연한 모습이라고 생각할 수도 있을 것이다.

같은 민족이 아니니까 말이다. 더불어 개인적인 생각이지만 우리 사회만큼이나 인종차별이 심한 곳도 없으리라 생각한다.

노예문제로 격화된 미국내 남북간의 대립은 링컨의 등장과 아울러 남부 11개주의 연방탈퇴로 인해 남북전쟁이라는 극한 결과를 빚어내었다. 미국 역사에서 남북전쟁을 제외하곤 자기네끼리 서로 잘 낫다고 싸운 적이 없다.

아프리카 흑인들을 노예로 잡아다 못할 짓을 많이 했지만 피부색깔이 틀리고 다른 언어를 구사하는 타민족이었다.(같은 민족이 아니란 말야!)

그럼 우리의 일그러진 자화상을 돌아보자. 같은 피를 나눈 형제 자매끼리 상놈과 양반이란 신분의 선을 그어놓고 못할 짓 참많이 했었다. 타민족이 아닌, 동족끼리 말이다. 조그마한 땅덩어리에서 고구려·백제·신라로 나뉘어 얼마나 많은 피를 흘렸으며, 그것도 모자라 6·25동란으로 허리까지 잘려 더욱 작아진 땅 덩어리가 아닌가. 그런데 아직도 정신 못차리고 지역색만을 운운하고 있으니 어쩌자는 말인가.

문민정부가 역사의 뒤안길로 사라지고, '국민의 정부'가 들어섰지만 아직도 지역색깔 따지기는 사라지지 않았다. 6·4지방선거에서도 지역감정은 자장면을 시키면 항상 따라다니는 노란단무지 색깔처럼 여전했고, 그후 '세풍' '총풍'이 일어나자 한나라당은 길거리에서 시위를 하며 지역감정을 자극하는 발언을 꺼내기도 했다.

'역지사지'(易地思之)라 했던가! 서로의 입장을 바꾸어 생각해보자. 나와 내 부모형제가 같은 피를 나눈 동족에게 인권을 유린당하며 인간의 최소한의 권리마저도 짓밟힌다고 생각해 보자. 피부색이 틀리고 다른 언어를 구사하는 타민족이라면 마음에 멍든 상처를 자위할 최소한의 변명은 있을 것이다. '우리가 아니니까' 하고 말이다.

하지만 같은 모습과 같은 언어를 구사하는 동족에게 인권을 유린당하며 인간의 최소한의 권리마저도 짓밟힌다면 과연 그 썩어 문들어진 상처는 그 누가 어루만져 준단 말인가? 병법에 보면 내부의 적이 가장 두렵다고 했다. 적전 분열이야말로 필패의 첩경이라고 했다.

한민족임을 자랑하는 우리! 더 이상 같은 모습, 같은 언어를 구사하는 우리끼리 싸우지 말자. 지방색·지역감정 이런 걸 따지고 있기엔 세상은 하루가 다르게 너무나 빠르게만 변해 간다.

물밑으로 몰려드는 보이지 않는 적들이 저렇게 많건만 우리는 언제까지 우리끼리 박터지게 싸우고 학대하며 살아가야 한단 말인가?

신은 명랑한 사람을 축복한다

　공인중개사란 직업으로 입에 풀칠을 하며 먹고 살기에 직업의
특성상 건물주들과 만날 기회가 많다. 특히 교민들의 비지니스를
사고, 파는 관계에서 임대서류를 작성할 때면 필히 건물주들을
만나게 된다.

　하와이 사탕수수농장에서 출발한 한인의 미국 이민역사도 1백
년이란 세월이 흘러 미국에 사는 한인들의 경제력도 이제는 상당
히 높아졌고 그래서 자신의 건물을 소유하고 있는 성공한 한인도
상당히 많다. 그러나 나는 이상하게도 지금까지 만나온 많은 건
물주 중 대다수가 유대인들이었다.

　미국내 한인들의 주요 자영업종을 살펴보면, 동부를 대표하는
뉴욕에선 청과물상을 하는 사람들이 많고, 다른 지역에서는 세탁
소·햄버거·식당·그로서리스토어(한국의 편의점 같은 것) 등의
업종에 많이 진출해 있다. 이 업종들은 먼옛날 유대인들의 주력
업종이었는데, 그들은 현재 한인들이 하는 업종으로 미국에서 경
제적 기반을 닦은 뒤 상류사회로 진출하면서 공교롭게도 한인들
이 그들의 업종을 물려받게 되었다.

　미국에서 가장 중요한 소수 민족집단을 꼽으면 영화 '뿌리' 즉
쿤타 킨테의 자손들인 흑인과 JEWISH로 불리는 유대인이다. 그

런데 미국사회에 깊은 뿌리와 큰 영향력을 가지고 있는 이 두 집단의 위상은 너무나 판이하게 대조적이다.

미국내 인구의 15%를 점하고 있는 흑인은 오랫동안 미국 역사의 피해자였으며, 오늘날에도 교육과 소득수준에서 열악한 위치에 있다. 반면 미국 전체인구의 겨우 2% 남짓한 유대인은 경제력이나 고급 전문직에서 점유율은 인구 비율과는 정반대로 상당한 우세를 점하고 있다.

우스갯소리로 미국의 모든 유대인이 자국으로 돌아가면 미국내 경제가 휘청거릴 수도 있다는 이야기도 있다. 이런 우스갯소리를 뒷받침해 주는 것이 소수의 유대인이 거대한 미국의 정책결정에 큰영향력을 끼쳐 유대인의 이익에 맞는 방향으로 끌고 간다는 것이다.

예를 들면, 미국이 지난날 이스라엘의 건국을 지원한 일로부터 국제사회에서 고립된 이스라엘을 꾸준히 옹호해온 정책이 바로 이런 의혹을 뒷받침해 주고 있는 것이다. 실제로 미국의 중요한 선거에서 유대인 표의 단결력이 언제나 중요한 변수로 작용돼 왔으며, 지난 93년도 아카데미 수상작인 스티븐 스필버그 감독의 '쉰들러 리스트'같은 영화도 이스라엘을 위한 유대인의 로비활동으로 보는 시각이 있다.

반대로 흑인사회를 보자. 전체인구의 15% 이상이나 차지하며 백인 다음으로 가장 오랫동안 미국의 역사속에 자리잡고 있는 흑인사회는 아직도 교육과 소득수준에서 열악한 위치에 머물고 있다. 미국의 대표적 빈민가 뉴욕 할렘가를 가보면 온통 흑인들 세상이다. 비단 뉴욕 할렘가뿐만 아니라 미국 어느 도시의 빈민가를 가보더라도 항상 수많은 흑인들을 목격할 수 있다. '만약 미국에서 프로 스포츠가 활성화되지 않았다면 수많은 빈민가에는 더 많은 흑인들이 자리잡고 있을 것이다'라는 백인들의 조롱섞인 농담도 있을 만큼 흑인들의 미국내 위상은 아직도 사회 밑바닥에 자리하고 있다.

내가 어제도 읽었고, 오늘도 읽고 있으며 내일도 역시 읽을 책인 '탈무드'에 보면 이런 말이 있다. '신은 명랑한 사람을 축복해 주신다. 낙관은 자신뿐만 아니라 남들까지 밝게 한다. 유대인은 슬픈 눈을 갖고 있다. 그러나 한없이 밝다. 슬픔을 알고 있기에 밝음이 얼마나 귀중한가를 깨닫고, 밤을 알고 있기에 태양의 고마움을 즐길 수가 있는 것이다. '비관은 좁은 길이지만 낙관은 넓은 길이다'라는 말이 있다. 낙관은 많은 것을 맞아 들일수 있지만 비관은 모든 것을 물리쳐 버릴 수가 있다.

어떤 고장의 랍비(유대교 성직자)에게 어느 사람이 매일밤을 새워 아침까지 도박을 한다는 고발이 들어왔다. 랍비는 눈을 번쩍 뜨며 말했다. '그건 좋은 일이야! 한번 철야를 할 수 있게 되면 이번엔 성서공부와 신을 찬양하는데에도 밤을 샐 수가 있을 테니까 말이야'

낙관은 관용이기도 하다. 낙관에는 포용력이 들어 있다. 그래서 낙관은 자신에게도, 선인에게도, 악인에게도, 다시 설 수 있는 길을 준비하게 해준다고 나는 믿고 산다.

'유대인이 어떠한 가혹한 박해에도 굴하지 않고 오늘날까지 자신을 잃지 않았던 것은, 낙관할 수 있는 힘을 가졌기 때문이다'라는 말을 유대인 친구에게 들으며 내 스스로 많은 것을 생각하며 느꼈던 기억이 난다.

반대로, 아직도 LA폭동의 근원이 되었던 로드니 킹사건을 이야기하며 언제나 자신들을 미국역사의 영원한 피해자인 양 비관하는 흑인 친구의 이야기는 미국내 인구수에서 월등한 위치를 점하면서도 사회적인 위상에서는 흑인과 유대인의 위상이 왜 이토록 판이하게 다른지를 알 수 있게끔 정답을 제공한다.

세계에서 가장 우수한 두뇌를 가진 훌륭한 민족은 유대인이며, 그 다음이 우리 한민족이란 이야기를 나는 언뜻 들었던 기억이 있다. 최고가 아니어서 약간의 섭섭함은 있으나 그래도 기분 나쁜 이야기는 아니다. 나는 개인적으로 유대인과 우리 한민족이 많은 공통점이 있다고 생각한다.

강대국에 둘러싸인 지리학적 모습에서부터 예로부터 많은 침략을 당했던 역사, 그리고 나라를 잃었던 불우한 역사 등등…. 98년 4월 현재 실업률 6%, 실업자 140만 돌파 등, 태평양 건너 조국에서 들려오는 소식은 우울한 것 일색이다. 국제전화를 통해 들려오는 친구들의 목소리는 신문지상의 발표보다 더욱 가혹하다는 현실을 전해준다.

IMF, 과연 언제쯤 이 긴긴 어둠의 터널을 헤쳐나갈 날이 올 수 있을까? 그 누구도 속 시원히 자신있게 이야기할 사람은 없을 것이다. 하지만 적어도 지금의 상황과 어려움을 비관하지는 말았으면 좋겠다. 현실적인 고통과 어려움은 겪어보지 않은 자는 함부로 이야기할 수 없겠지만 그래도 비관보다는 낙관을 하는 쪽이 하루라도 더 빨리 IMF라는 어두운 터널을 통과할 수 있으리라 믿는다.

내가 개인적으로 좋아하는 미국의 유명한 시인 '페츄릭'은 이런 말을 했다. '고통은 인간을 생각하게 만들고, 생각은 인간을 지혜롭게 만든다. 또한 지혜는 인생을 견딜 만한 것으로 만든다' 라고.

우리의 역사보다 더 불행한 역사를 가진 유대인과 흑인들의 현재의 모습을 바라보며, 영원한 IMF의 똘마니로 남을 것인지 아니

면, 당당히 현재의 어려움을 뚫고 경제대국으로 재도약 할 것인
지는 우리들 마음자세에 달려 있다는 나의 생각이 결코 무리는
아니라고 조심스럽게 이야기하고 싶다.

아랫돌 빼서 윗돌 괴는 한국경제

90년대초, 용산 미8군내에서 직장생활을 할 때도, 그리고 미국에 와서 지금껏 객지 밥을 먹으면서도 항상 느끼지만 미국인들의 건축물은 시골 아낙네의 몸빼 바지 마냥 참으로 멋이 없다. 대다수의 건물들이 목재건물이고, 가정집이나 아파트들은 거의 모두가 나무로 지은 집들이다.

외형상으론 이렇게 부실하게 보일 것 같은 목재건물이라 우리 한국인의 호화 찬란한 벽돌집과 비교할 때는 형편없이 보인다. 그러나 건물안으로 들어가 보면 절대로 그렇지 않다. 겉모습으로 판단하는 게 얼마나 어리석은가를 금방 알게 될 정도로 실용성이 높다.

특히 실내의 분위기나 인테리어는 우리네 것보다 훨씬 더 세련되고 생활하기 편하게 디자인되어 있다. 필요없는 외형에 투자하기 보다는 실속과 내실을 기하는 미국인들의 합리주의의 한 단면일 것이다.

88년 서울올림픽을 성공리에 마치면서 한국은 마치 경제의 초고속 특급열차라도 탄 듯 한동안 무지하게 잘 나갔었다. 변두리 영등포의 삼류 제비가 물 좋은 강남 카바레에 진출한 듯 말이다. 생활형편이 나아지자 기름 한방울 나오지 않는 나라에서 너도 나도 미친년 널뛰듯 자가용을 갖기 시작했다.

개똥이네가 사니까 소똥이네도 말똥이네도, 심지어 옆집 닭똥이네도 샀다. 옆집 돼지엄마가 해외여행을 가니까, 뒷집 말자 엄마도 이웃집 개자엄마도 해외여행을 다녀오는 등 달러를 펑펑 써댔다.

이곳 미국에도 지난 수년간 한국의 많은 여행객들이 날아와 열심히, 그리고 성실히 살아가는 수많은 미국 교민들의 기를 꺾었었다. 특히 미국 속의 한국이라 불리는 LA코리아타운은 더 더욱 그러했었다. 이들은 악어지갑에서 빳빳한 백달러뭉치를 꺼내 몇 천달러짜리 사치품을 척척 사대 미국인, 점원들을 깜짝 깜짝 놀라게 했다.

또 조기유학 자유화 조치가 시작되자 자격도 안되는 자신들의 어린 자녀를 미국 사립학교에 보내놓고 적지 않은 학비를 미국 땅에 쏟아넣는 잘못된 자식사랑을 보였고, 그중에는 자가용 승용차까지 최고급으로 사주는 등 교민 자녀들과의 위화감을 조성하기도 했었다.

지난 몇년간 이런 모습을 지켜보며 이곳 교민들 중에는 이민온 것을 후회하는 이들도 적지 않았다. 또한 70년대나, 80년대 초만 하더라도 재미교포 하면 한국에서도 알아주었다지만 지난 몇 년 간은 재미교포를 가리켜 미국 조선족 또는 재미 똥포로 일컬으며 같은 동족끼리 위화감을 조성하기도 했었다.

하지만 지금 현재는 어떠한가? 미국은 오늘도 계속해서 잘 사는 나라이고, 한국은 한동안 잘 사는 나라 행세를 하다가 결국은 IMF라는 경제 옐로카드를 받게 되지 않았는가. 한국의 경제역사를 뒤돌아보면 지금의 IMF라는 경제위기외에도 몇차례 크고 작은 위기가 있었다.

사시사철 머리에 터번을 두르고 다니는 터번족 아랍권들의 밥그릇 싸움에 우리는 고래싸움에 새우등 터지듯 유신정권 시절 두 차례에 걸친 유류파동으로 심각한 경제위기를 맞았다. 그 당시엔 석유파동으로 한국경제가 파산, 또는 끝장난다는 말도 있었다.

이후 땅콩 팔다가 '심봤다'를 외치며 미국대통령이 된 카터 행정부때도 지난 한국의 대통령 중 미국에 가장 당당하게 맞섰던 고 박정희 대통령과의 갈등으로 인해 주한 미군 철수라는 강경카드를 내놓으면서 한국경제에 외환위기를 불러왔었다.

앞서 언급한 이런 몇가지의 크고 작은 위기를 용케도 넘긴 한국 경제는 80년대에 들어서면서 안정세를 보였다. 물가도 안정됐다. 85년부터 한국경제는 고속 주행을 하며 그 뒤 4년간 전례없는 흑자를 기록했다.

그러나 노태우정부가 89년 이후 복수 노조를 인정하면서 노사분규는 마치 열병처럼 기업들을 휩쓸었고, 결국은 인건비 상승이라는 결과를 빚어냈다. 인적 자원밖에 달리 내놓을 게 없는 한국경제에 인건비 상승은 엄청난 타격이었다. 주택 2백만호의 주택정책의 좌초로 인하여 부동산 값도 미친년 널 뛰듯 뛰었다.

가깝고도 먼나라 일본이 국내 저축으로 꾸준히 경제발전을 해온 나라인 반면에 우리나라는 '하석상대'(下石上臺)라 했던가? 아랫돌을 빼서 윗돌을 괴고, 윗돌을 빼서 아랫돌을 괴듯 이리저리 임시변통을 하며 외채로 경제를 발전시켜 왔다고 해도 과언이 아닐 듯 싶다.

미국 경제잡지인 '포춘지'에 발표된 미국내 500대 기업과 한국 대재벌의 재무구조를 비교해 볼 필요가 있다. 아직 97년도의 자료가 나오지 않은 관계로 인해 96년도의 자료를 토대로 살펴보자.

'포춘지'에 발표된 자료를 보면 GM으로 표기되는 미국내 최대

자동차그룹인 제너럴 모터스사는 매상고 1,680억 달러로 매상액 순위로 1위 자리를 차지했다. 순이익면에선 엑슨이 75억 달러로 1위를 차지했다.

이번엔 매상액 대비 순이익률면을 살펴보자. 이곳 시애틀에 위치한 세계적인 소프트 웨어사인 마이크로 소프트사가 25%로 1위를 기록했다. 미국내 500대 기업 전체 매상고는 5조 770억 달러였으며, 순이익은 3,000억 달러에 달했다. 평균 순이익률은 6%였다.

한국을 대표하는 기업 삼성그룹은 지난 96년도 총매상액이 930억 달러였다. 이는 '포춘지'의 미국내 500대 기업과 비교할 때 5위에 랭크될 만큼 엄청난 액수이다. 하지만 미국내 500대 기업중 순이익 면 순위에서 3위부터 6위를 차지했던 엑슨, 월마트, GM, IBM과 비교해 보면 엄청난 차이가 있음을 볼 수 있게 된다.

삼성은 순이익 6,700만 달러를 기록했다. 그러나 엑슨은 75억 달러, 월마트는 31억 달러, IBM은 54억 달러였다. 삼성그룹과 이들 미국 기업들은 매상면에서는 비슷하지만 순이익면에서는 엄청난 차이를 발견하게 된다. 미국내 500대 기업의 평균 순이익률은 6%인 반면에 한국을 대표하는 삼성의 순이익률은 0.07%였다.

바로 외형만 중시한 우리네 기업과 실속을 차리며 내실을 다져온 미국기업과의 차이를 수치를 통해 절실히 느끼게 되는 것이다. 비지니스의 가장 주된 목적은 이익 창출이다. 이익의 뒷받침 없는 매상은 남대문시장에서 입에 침도 안 바르고 거짓말하는 장사꾼의 '남는 것 하나도 없이 판다.'라는 말을 현실로 입증하는 꼴이 되는 것이다.

전쟁의 잿더미속에서 다시 일어났던 독일은 그 당시 인기 있는 학과나 직업은 기술·엔지니어 분야였다고 한다. 반면에 독일이

기울 당시에는 법대쪽이었다고 한다. 최근 한국경제의 어려움으로 비교적 안정된 직업인 공무원이나 정부쪽의 진출을 위해 고시를 준비하는 젊은이들이 상당히 많다는 기사를 접한 적이 있다.

인적 자원밖에 달리 내놓을 게 없는 우리의 현실에서 산업기술의 인적 자원을 배출하는 것이 무척 중요하다고 아니할 수 없다. 더불어 한국 대기업과 경제 전체가 경쟁력을 지니고 다시 일어서기 위해서는 실속있고 효율적인 경영 이외에는 다른 길이 없음을 하루라도 빨리 인식해야 할 것이다.

'인순고식'(因循姑息)이란 말이 있다. 구습을 고치지 아니하고 목적의 편안함만 취한다면 한국 기업과 경제의 앞날은 안봐도 비디오요, 안들어도 오디오일 것이다.

신부 반지 하나로 결혼준비 끝!

내가 둥지를 틀고 살고 있는 곳은 시애틀 워싱턴주이다. 이곳 시애틀에서 비디오로 내가 가장 즐겨보는 한국 TV프로는 '경찰청 사람들'인데 매주 화요일에 들어온다.

오늘도 하루의 일과를 마치고 운전을 하며 집으로 돌아오는 차 안에서 '오늘 저녁에는 무슨 소재로 이빨을 까서 하루 빨리 탈고를 하나?'하는 생각에 사로잡혀 있다가 '그래, 오늘은 화요일이니 비디오부터 먼저 보자'고 마음을 정한뒤 '경찰청 사람들'을 빌려 시청하게 되었다.

그런데 공교롭게도 오늘 시청한 프로그램의 범죄내용은 모두 결혼과 관련된 이야기였다. 돈은 웬만큼 벌어놓은 어느 부모가 소위 말하는 가문 좋은 곳으로 자신의 딸을 시집보내 사돈덕에 자신도 사회적인 신분상승을 누려보자는 그릇된 생각에 사로잡혀 자신의 돈을 노리고 접근한 사내에게 속아 딸을 시집보냈다가 재산도 잃고, 딸의 인생도 망치게 된 내용이었다.

또다른 한편은 조작한 의사 신분증을 이용해 사회적으로 학벌도 있고, 용모도 빠지지 않는 인텔리 여성들에게 접근해 결혼을 미끼로 돈도 보고, 몸도 따는 일석이조의 엽색행각을 해온 파렴치한 사기꾼의 이야기였다.

'경찰청 사람들'을 시청하며 항상 느끼게 되는 것이 아마추어 연기자들의 살신성인하는 연기력에 범죄 드라마를 보면서 한편의 코미디를 보는 것처럼 마음껏 웃을수도 있지만 그 뒷맛엔 항상 '이런 더러운 세상에서 살아야 하나'하는 생각에 밀어내기 한판에 실패하고 화장실 문을 나서는 변비 환자의 모습처럼 찜찜했는데, 오늘 시청한 '경찰청 사람들'의 내용은 더욱 그러했다.

이 지구상에는 수많은 인종과 수많은 사람들이 저마다 다른 나라라는 이름의 울타리를 치고 살고 있다. 모르긴 몰라도 결혼을 미끼로 혼인을 빙자해 사기를 처먹는, 구데기보다도 못한 인간들은 아마 우리나라 한반도에 가장 많이 서식하고 있을 것같다.

이런 구데기보다 더 못한 파충류들이 우리나라에 많이 서식하고 있는 것은 사회 전반에 걸쳐 있는 기성세대의 그릇된 결혼관 인식과 결혼을 풍요로운 삶의 보증수표로 착각하는 일부 몰지각한 젊은이들이 있어서 이런 파충류가 잘 서식하게끔 적당한 온도와 많은 먹이를 제공하고 있기에 가능할 것이다.

IMF여파로 인해 요즘 젊은 여성들이 선호하는 배우자의 직업 순위가 많이 바뀌었다는 기사를 접한 적이 있다. 공무원·교사 등 안정된 직장을 가진 사람이 1위를 차지했다고 한다. 그러나 아직까지도 많은 사람들이 '사'자로 끝나는 직업을 가진 사람들. 변호사·판사·검사·의사·박사…(공인중개사도 껴 줄래나!) 들에게 자신의 딸을 시집보내려면 최소한 열쇠 3개라는 기본공식은 여전히 존재하리라는 추측이 든다.

가끔 신문 사회면에서 그릇된 결혼관이 불러일으킨 씁쓸한 기사를 접하곤 한다. '사'자 직업을 가진 자에게 시집올 때 가져온 혼수가 마음에 안든다며 폭행을 당한 여성들의 하소연과 그로 인한 사건들…. 대학졸업을 앞둔 일부 여성들이 마담뚜의 눈에 들기 위해 수백만 원씩 하는 외제 옷에 비싼 미용비, 그것도 모자라 성형수술까지 한다니 참으로 말세다.

졸업사진 한장이 먼훗날 기름진 식탁의 보증수표라도 되는 양 자신들을 상품화시키기 위하여 낭비의도를 깨우치고 사치의 세계로 치닫는다는 기사를 접했을 때의 찝찝함들. 그 기억들이 아직도 별로 좋지 못한 나의 머리에 남아 있는 것을 보면 그 사건들이 나에게 적잖은 충격을 준 것 같다.

나도 결혼 적령기에 들어선 젊고 싱싱한 30대 초반의 남자이기에 이런 결혼과 관련된 우리 사회의 기사를 접할 때면 통통하고 무딘 나의 엉덩이와는 달리 상당히 민감한 반응을 보이게 된다.

'결혼' 과연 이 단어가 뜻하는 정의는 무엇일까?

(1)서로 다른 환경에서 성장한 남녀가 사랑이란 미끼에 코가 끼어 결혼이란 형식을 통하여 인생이란 망망대해를 같이 헤쳐나가는 것?

(2)상대의 물질이나 경제적인 능력 등을 자와 돈보기, 심지어 각도기까지 동원해 요리 재고, 저리 재서, 내기 당구의 마지막 쿠션 돌리듯 어떻게 한방에 신분상승을 노릴 수 있을까? 하는 일종의 모험성 투기?

(3)자식은 부모의 소유물인 양 부모들의 체면과 입장만 고려한, 자식을 이용한 또 다른 꼭두각시 인형극?

시골 촌놈 같은 용모에 급하기 급한 다혈질 성격의 소유자이지만, 나는 전에도 그랬고, 지금도 그렇고, 앞으로도 변하지 않겠지만, 사랑은 항상 영원히 아름답고 순수하며 아무런 목적이 없어야만 된다고 생각한다.(사랑에 관한 나의 시집을 보게 되면 내 사랑의 정의에 대하여 더 잘 알 수 있음. 다인미디어 값 5,000원).

결혼은 농부가 일년내내 굵은 땀방울을 흘리며 정성껏 농사를 지어 가을추수의 기름진 곡식을 거두듯 그렇게 사랑의 열매를 거두는 것이지 결코 신분상승이나 자신의 경제적 안락함을 위해 악용되어서는 안된다고 생각한다.

이왕이면 다홍치마, 그리고 견물생심이란 말처럼 호화 혼수에 맛이 가서 사랑을 저버리는 물질적인 결혼은 '넘버 3'란 영화에서 열연했던 조연 배우의 말처럼 그것은 진정한 사랑에 대한 배~배~배~배~배신이야! 배신! 배반!

하지만 불행하게도 우리 사회에서는 결혼이 당사자간의 사랑의 열매이지만 집안끼리의 만남이란 인식 또한 만만치 않다고 본다. 사람의 됨됨이를 보기 보단 그 사람이 걸친 외모를 더욱 중요시하는 게 우리 사회에 만연되어 있는 잘못된 삶의 철학중 하나인 것이다.

그 사람의 학벌 · 집안 · 직장 등 알맹이를 보지 못하고 껍데기로 판정하는 우리 사회가 씁쓸하다 못해 찜찜하다. 변비 때문에 고생하는 환자의 모습처럼 말이다. 우리 사회에서도 자신들의 성장환경, 사회적인 지위, 학벌 등 불균형적인 외형적 모습과는 달리 진정한 사랑을 무기로 험난한 세상을 당당히 헤쳐나가는 진정한 용기있는 사랑의 소유자들을 자주는 아니지만 가끔은 접할 수 있다.

이곳 미국에서는 그런 경우가 상당히 많다. 그릇된 우리의 사고와는 달리 이들은 진정한 사랑을 무기로 세상의 그릇된 인식인 성장환경 학벌 또는 직업 등은 뒤로 한 채 오직 사랑만을 전제로 인생이란 멋진 삶을 꾸려나가는 커플들을 많이 보게 된다. 미시간 주립대에서 영문학 교수로 입에 빵칠하는 내 미국인 친구도 그런 케이스이다.

이 친구의 집안은 대대로 교육계에 종사하는 그것도 대학교수

집안인데 이 친구의 부인은 식당 종업원이였다. 하지만 그 친구의 결혼식장에서 내가 느낀 것은 양쪽 부모 모두 서로 당당했고, 그들의 결혼을 진심으로 축복해 주는 모습을 보면서 이 또한 선진국 국민다운 정서를 느꼈던 기억이 난다.

한사람의 예로 그 사회나 집단 전체를 평가한다는 것은 위험천만한 발상이다. 하지만 방금 소개한 이 친구뿐만 아니라 미국내에서는 이런 경우를 흔히 볼 수 있다. 자식들의 미래를 위해 때로는 자신의 인생마저 포기하는 우리네 부모들과는 판이한 생각이다. 이왕이면 좋은 곳으로 시집·장가를 가서 편안하고 안정되게 제2의 인생을 꾸릴 수 있었으면 하는 우리네 부모들의 깊은 뜻을 헤아리지 못하는 것은 아니지만.

그러나 적어도 자식들이 정도를 걸을 수 있도록, 물질보다 어느 것이 더 이 험난한 세상에 있어서, 우리 인생에 있어, 값진 것인지를 부모들 스스로도 그리고 우리 젊은이들도 깨달아야 할 것이다.

개인적인 이야기지만 삼형제중 장남인 우리 형이 결혼할 때, 우리 어머니도 속세의 그릇된 결혼관에 잠시나마 정신이 팔려 형의 결혼을 반대했었다. 그러나 어머니의 우려와 걱정과는 달리 우리 집안의 맏며느리가 된 형수님은 고부간의 갈등도 전혀 없이 화목한 가정을 만들어 나가며 벌써 두명의 아이를 둔 엄마의 모습으로 처녀때 보다는 근수가 더 나가는 외형적인 변함은 있지만, 언제나 행복하고 아름다운 가정을 가꾸기 위해 진두 지휘하는 야전사령관의 모습처럼 우뚝 서있는 모습이 참으로 아름다워 보인다.

사랑의 힘으로 결혼이란 아름다운 열매를 추수한 우리 형과 형수님의 모습을 보면서 진정한 사랑의 값어치를 다시 한번 깨닫게 된다. 물질은 절대로 영원할 수 없다. 있다가도 없고, 없다가도 있는 것이 돈이자 물질이 아닌가?

갈수록 황금 만능주의에 물들어 가는 험난한 현대사회에서 가장 고귀하고 순수해야 할 사랑과 그 열매인 결혼마저 돈의 노예로 전락한다면 이 세상은 영화의 마지막 화면에 뜨는 자막처럼 THE END가 되고 말 것이다.

망월동 묘지에 잠들어 있는 수많은 순국 영혼들이 있었기에 늦었지만 우리나라에도 문민정부에 이어 국민정부로 일컬어지는 민주주의가 이루어졌듯이 결혼문화에 있어서도 우리 젊은이들의 부단한 노력없이는 건전한 결혼문화가 형성되지 않으리라 생각한다. 결혼 적령기에 있는, 그리고 앞으로 사랑의 열매를 맺게 될 수많은 젊은이들이여 우리부터 바꾸자.

껍질보다는 알맹이를 볼 수 있는 시야를 넓히고 물질보다는 사랑의 순수하고 소중함을 선택할 수 있는 멋지고 용기있는 젊은이가 되어보자. 진정한 사랑이 존재할 수 있는 멋진 살 만한 세상을 만들어 보자. 그래서 두번 다시 '경찰청 사람들'이란 드라마에 결혼과 관련된 사기꾼들이 출현하지 못하는 세상을 만들어 보자.

'사랑이여! 그 이름만으로도 고귀하고, 아름다워라!'

미국엔 형만한 아우도 많다

유교 문화권에서는 인(仁)과 신(信)을 삼강오륜중에 가장 으뜸가는 덕목으로 삼아왔다. 인의예지신(仁義禮智信), 즉 사랑으로 시작하여 믿음으로 마감했다.

그래야만 가히 사람다운 사람으로 인정받을 수 있었다고 한다. '붕우유신'(朋友有信)도 마찬가지이다. 친구간에 믿음, 또는 사회생활에도 믿음과 신용이 있어야 하며 그래야만 사회안정이 이루어진다고 했다. 약속을 안 지키는 사회, 약속을 안 지키는 나라는 망하게 될 수밖에 없을 것이다.

나의 성장기에 '코리안타임'이란 말이 있었다. 학교나 교회 또는 다른 단체의 모임이나 행사 아니면, 개인과 개인과의 약속에 항상 늦거나 약속을 잘 안지키는 사람들을 가리켜 코리안 타임이란 이야기를 곧잘 쓰곤 했던 기억이 난다.

새들의 노래소리에 상쾌한 아침을 맞이하며 밤새 쳐놓은 텐트 접기가 어려웠던 성장기란 한창때를 어느 새 훌쩍 건너버리고 이제는 나 또한 쉰세대의 한 많은 내리막길로 접어들었지만 아직도 우리 주위에선 그 옛날 쓰곤 했던 코리안 타임이란 말을 자주 쓰고 듣게 된다. 만나기로 약속되어 있는 상대방을 기다리기 위해 정시에 나가 초조하게 시계를 들여다 보며 오랜 시간 상대를 기다려본 사람, 결국엔 니베아 크림을 얼굴에 잔뜩 바를 정도로 바람을 맞아본 사람들은 약속을 왜 잘 지켜야 하는지를 내가 굳이 열변을 토하지 않더라도 잘 이해할 수 있을 것이다.

약속이란 것이 잘 지켜지기 위해서는 서로간의 믿음이 필요하다. 상대를 존중하며 자신의 언행에 책임을 지는 자세, 바로 약속을 잘 지키기 위한 비료 같은 요소들일 것이다.

미국이란 남의 나라에서 수많은 인종들과 더불어 살면서 많은 것을 몸소 체험했고, 결국은 느낀 바가 커서 이렇게 책까지 쓰게 되었지만, 비단 이곳 미국 사회뿐만 아니라 경제적으로 잘 사는 나라, 선진국이 될 수 있는 나라는 필수불가결의 요소로 삼강오륜에서도 가장 덕목으로 삼고 있는 인과 신을 제일로 지키는 것이다 라고 말 할 수 있을 것이다.

개인대 개인과의 약속뿐만 아니라 우리가 평화롭고 안정된 삶을 영위하기 위해 만들어 놓은 수많은 약속들을 '우리는 너무나 쉽게만 생각하고 살아가는 것이 아닐까?' 라는 질문을 내 개인 스스로 던져본다.

공공장소에서의 줄서기로 통용되는 질서, 혹은 교통신호나 교통법규 이것도 사람이 만들어 놓은 약속이다. 좀더 편하고 윤택한 삶을 영위하기 위해 인간이 만들어 낸 자동차란 물질문명을 잘 이용하기 위해 우리 인간이 정해 놓은 교통법규라는 약속을 우리는 너무나 쉽게 어기며 살아간다.

국민의 선량한 심부름꾼임을 자청하면서 자신이 국회에 입성하면 이러쿵 저러쿵 수많은 공약을 부르짖으며 금뱃지를 달아보려 안달하며, 국민과의 수많은 약속을 내걸었던 우리나라의 많은 정치인들. 하지만 사회 지도층인 그들이 지금껏 국민과의 약속 중 과연 얼마만큼의 공약을 이행했는지는 그들 스스로가 더 잘 알고 있을 것이다.

대통령이 바뀌고 새로운 정부가 들어서면 집권 초기에는 언제나 그랬듯이 수많은 일들을 할 것처럼 각종 언론에 새로운 정부의 청사진을 발표하며 국민의 마음을 첫날밤 신방에 들어 촛불을 불어 젖히는 선남선녀의 마음처럼 설레게 만들지만 이 또한 빛좋은 개살구임을 우리는 얼마 가지 않아 또 다시 깨달으며 살아왔다.

고위 관료의 비리와 정경유착의 대명사로 불리는 정계와 재계의 부정부패가 사회 수면위로 불거져나올 적마다 언제나 그랬듯이 정부는 국민 앞에 부정부패 척결이란 약속을 내걸지만 그 약속은 얼마 지나지 않아 국민들의 얼굴에 니베아 크림을 발라야 할 만큼 우리는 언제나 바람을 맞으며 살아왔다.

이 책을 쓰면서 미국이란 나라를 예로 들며 때로는 죄책감이 들기도 했다. 나 또한 누가 나를 남과 비교하면 분식집 물만두 냄비 끓듯 성질이 나고 기분이 나빴던 기억이 있기 때문이다. 그랬기에 우리 사회의 고질적인 수많은 병폐와 악습 등을 지적하며 미국이란 나라와 비교할땐 내가 혹, 신 이완용이 된 것같기도 한 착각에 빠지기도 하였지만 상처가 곪아서 결국엔 IMF란 독한 약 처방을 받게 된 마당에 아니, 이 기회에 우리도 바뀌어야 된다는 생각이 너무나 간절하기에, 그래서 우리 후손들은 좀더 나은 사회에서 살 수 있는 환경을 만들어 주어야 하기에 미국이란 나라와 자꾸만 비교하게 되는 것을 아무런 사심이 없음을 다시 한번 더 밝히고 넘어가기 위해 잠시 나의 사담을 늘어놓게 되었다.

거두절미하고, 미국이란 나라가 이 세상 최고의 낙원이자 지상천국은 아니지만 적어도 우리 사회보다는 이상과 원리원칙이 지켜지는 나라임엔 그 누구도 토를 달지 않으리라 생각한다. 개인대 개인의 약속뿐만 아니라 사람이 정해 놓은 수많은 약속들, 교통법규·법·질서 등이 적어도 우리보다는 잘 지켜지고 있다.

미국이란 거대한 대륙을 이끌어나가는 사회 지도층 인사나 정치인들을 보자. 적어도 우리보다는 더 깨끗한 정치로, 국민과의 약속을 존중하며 지킬 줄 아는 정치인들의 나라가 바로 미국이다. 경제 대국인 일본이 미국과 여러 유럽 국가들로부터 진정한 선진국 대우를 못받는 이유가 바로 낙후된 정치판 때문이란 어느 신문 기사를 읽었던 기억이 난다.

이민 1세로 4선이란 고지를 점령하기 위해 동분서주하던 김창준 의원도 얼마전 불법 선거기금 모금혐의로 유죄를 인정, 4선이라는 고지 점령에 실패하고 말았다. 국민과의 약속을 저버리는 정치인에게는 바로 등을 돌리는 미국인들의 성숙된 국민의식을 잘 보여준 사건이라 할 수 있다. 김창준의원이 만약 한국에서 정치인 생활을 했다면? 과연 그 정도의 선거기금 모금방법으로 인해 재판대 위에 설 수 있었을까? 라는 의구심을 갖게 된다. 깨끗한 정치를 지향하며 국민과의 약속을 지키는 미국 정치계의 한 단면을 볼 수 있었던 기회였다.

우리 선인들이 하신 말씀중에 '형만한 아우없다' 라는 이야기가 있다. 한살이라도 더 먹은 사람이 그만큼 나이값을 한다는 이야기일 것이다. 인디언들의 수많은 화살사이를 요리저리 피해가며 신이 축복한 나라라는 이 거대한 땅덩어리에다 미국이란 나라의 역사책을 쓰기 시작한 지 이제 겨우 2백년이 조금 지난 나라 미국, 5천년이란 무구한 역사를 자랑하는 우리 한민족, 역사와 전통으로 따지자면 분명 우리는 미국보다 형이다. 형도 그냥 형이 아니라 크나 큰 형님뻘이 될 것이다. 하지만 '형만한 아우없다' 라는 우리의 속담은 약속을 잘 지키는 면에선 동네 똥개가 불독 앞에서 꼬리를 접듯, 분명 꼬리를 내려야 할 것이다.

　사람대 사람간의 믿음의 바탕위에 싹트는 약속이행, 약속과 신용으로 이루어진 사회는 분명 아름답고 살기좋은 세상으로 가는 특급행 열차의 티켓일 것이다. 우리는 막말로 아무데서나 뽀뽀를 하며 존댓말이 없는 영어를 쓰는 미국인들을 가리켜 때로는 상놈이라는 표현을 사용하곤 한다.

　5천년이란 어마어마한 역사를 자랑하며 한민족임을 자처하는 우리나라, 유교문화권으로 인과 신을 삼강오륜의 가장 으뜸가는 덕목으로 배우며 자란 우리들 비단 정치인뿐만 아니라 사회 구성원인 우리 모두가 과연 얼마나 약속을 잘 지키며 살아가는지, 동생도 한참 동생뻘인 미국사회를 바라보며 다시 한번 되새겨볼 필요가 있을 것이다.

벌금도 깍아주는 미국 판사

지난 98년 1월을 기준으로 나의 조국 한국의 자동차 운전 면허증 소지자가 1,860만 명을 돌파했다는 기록이 나왔다고 한다. 이는 18세이상 전체국민의 55%, 즉 18세 이상 국민 2명 중 한명 이상이 운전면허증을 소지하고 있다는 이야기이다.

주민등록증을 발급받은 사람 중 절반 이상이 운전면허증을 소지하고 있는 셈이다. 그런데 어느 여론조사 기관에서 발표한 설문내용은 참으로 인상적이었다.

교통법규를 항상 준수하고 안전운전을 지향해야 하느냐는 질문에 '그렇다'고 대답한 숫자가 전체의 40%밖에 안된다고 한다. '지금 그렇게 운전하느냐?'라는 질문도 아니고, '그래야 하느냐'의 질문에 대한 대답이 이 정도니 실제 핸들을 잡은 운전자들의 모습은 어떠할까? 상상해 본다.

모든 것이 낯설기 만한 미국이란 타향에서 소주 한잔 걸치면 언제나 마이크를 잡고 나훈아의 '머나먼 고향'을 애창하며 태평양 건너 고향하늘을 바라보고 살아온 지난 5년간의 세월, 그간의 미국생활 중 나의 사랑하는 조국의 모습과는 참으로 다른 모습들을 많이도 보고 겪을 수가 있었다.

그중에서도 가장 인상적인 것은 코큰 아이들(코가 크면 그것도 크다든데—코딱지?) 미국인들의 운전 자세와 교통법규 준수의식이라 말할 수 있다. 5년이란, 길다면 길고 짧다면 짧을 수도 있는 미국생활중 '빵! 빵!' 거리는 클랙슨 소리를 들었던 기억은 나의 짧은 열손가락으로 충분히 샐 수 있을 만큼 미국에선 클랙슨 소리를 들을 기회가 적다.

신호가 바뀌고 앞차가 조금 늦게 출발하더라도 미국인들은 충청도인들의 후예인지 항상 느긋하게 기다리며 경적을 울리는 차량은 쉽게 찾아 볼 수가 없다. 신호 또한 얼마나 잘 지키는가?

나 또한 우리나라에서 면허를 취득했던지라 미국에 오기 전까지 한국에서 운전을 했다. 그 때문에 미국에서 운전을 할 때면 한국에서의 습관이 몸에 배어 이곳 운전습관에 적응하느라 많이 힘들었었고 지금도 역시 좋지 않은 운전습관이 나도 모르게 종종 튀어나오곤 한다.

우리나라 사람들의 성격이 급해서 그런지 나를 비롯한 대다수의 사람들이 한국내에서 자동차 핸들을 잡게 되면 그 사람의 평소 인품이나 성격 또는 직업과는 상관없이 모두가 풀빵 찍어내듯 비슷 비슷한 운전성향을 보이게 된다.

남녀노소를 불문하고 입들은 또 얼마나 거칠어지는가? 립스틱 곱게 바르고 분내 살살 풍기는 아름다운 여인도 핸들을 잡으면 성격이 급해지고 입은 빨다 만 걸레를 입에 문 것처럼 더러워진다. 나뿐만 아니라 한국서 운전을 해본 사람은 나의 말에 공감할 것이다.

사고가 발생했을 땐 또 어떠한가? 운전면허 응시원서에 인지를 앞뒤로 붙여가며 어렵게 면허증을 손에 쥐고 나면 주위에서 듣는 말이 사고 발생시 '목소리 큰놈이 이긴다'라는 말이다. 그 말이 무슨 십계명의 하나인 것 처럼 사람들의 뇌리에 박히게 되고 실제로 사고가 나면 사고수습은 뒷전으로 밀어놓은 채 삿대질에 목청 높이는 모습을 흔히 볼 수가 있다. 마치 극장에서 먹던 심심풀이 땅콩이나 오징어처럼 주변에서 어렵지 않게 볼 수 있다.

횡단보도는 분명 사람만 지나가라고 만들어 놓았다. 그런데 기왕이면 차도 이용하면 어떨까? 라는 생각을 가진 분들이 많아서인지 차량이 다니는 길쯤으로 착각하는 사람들도 많다. 횡단보도의 파란 불이 아직도 살아 있고, 사람들이 아직도 건너가는데도 자동차 머리를 슬금슬금 밀어 넣어 기어나오는 거북이형 운전자들도 많고, 어둠이 짙게 내려앉은 밤시간에는 횡단보도를 이용하는 사람이 없거나, 보는 사람이 없으면 쌩하고 지나치는 철면피 운전자도 참으로 많은 것 같다.

학교근처나 놀이터근처에 가보면 분명 어린이보호구역이란 표지판이 있고 서행이란 사인도 있지만 아직도 문맹 분들이 많이 계시는지 차가 사람보다 더 우선시되는 게 우리네 사회의 현주소일 것이다. 지금은 IMF로 인해 해외여행은 고사하고 많은 분들이 생계유지에 혈안이 되어 힘들게 살아가는 시절이 되었지만 최근 몇년간 이곳 저곳으로 해외여행을 다녀온 사람들의 숫자는 참으로 많으리라 본다.

여행이란 물론 생활에서 얻은 스트레스를 풀고 재충전을 할 수 있는 휴식의 시간도 되겠지만 특히나 해외여행은 우리와는 다른 세상을 둘러보며 견문도 넓히고 또, 좋은 모습은 보고 들으며 배워서 그것을 조금더 나은 삶의 방향을 제시하는데 밑거름으로 쓸 수 있는 계기도 되리라 생각한다. 하지만 많은 사람들이 해외라는 세상에서 견문을 넓혔음에도 불구하고 우리나라의 사회모습은 아직도 바뀌지 않는 것 같아서 원고를 쓰고 있는 밤늦은 이 시간에도 라면에 신 김치 생각보단 슬그머니 울화가 치밀어 두꺼비 한마리 잡고 싶은 생각이 든다.

나는 어제도 그랬고, 지금 현재도 그렇고, 내일도 변함이 없겠지만 5천년이란 무구한 역사와 문화를 지니고 있는 우리 한민족이 코가 커서 코딱지도 큰 서양 아이들보다 못하다는 생각은 해본적이 없다. 하지만 그들은 우리가 못하는 것을 하면서 살고 있으니 객관적으로 볼 땐 우리보다 한 수위에 있음에 틀림이 없는 것 같다.

코가 커서 코딱지가 큰 아이들이 칼같이 지키는 신호준수는 맥주 세병에 오징어 한마리이고, 아무리 급하고 짜증이 나더라도 뉴욕이나 시카고 같은 인구 다밀도 지역을 제외하곤 경적 소리를 들을래야 들을 수가 없다. 미국에서 경적소리는 상대방에게 위험을 알려 주위를 환기시킬 경우를 제외하곤 사용치 않는다.

나같은 막가파 운전자도 미국에 와서 경적을 사용한 경우는 손가락으로 꼽을 만큼이나 몇번되지 않는다. 촌놈 미국 와서 사람된 거다. 4-WAY STOP으로 불리는 신호가 없는 네거리에서도 그 누가 지키고 있지도 않지만 먼저 온 순서대로 차례차례 움직이는 차량의 물결을 바라보며 선진국의 다른 점. 질서의 편안함과 아름다움을 느끼면서 질서와 법은 지키라고 있는 것을 재차 확인케 되었다.

사고가 발생했을 경우를 보자. 절대 사고현장에서 목청 터져라 삿대질하며 싸움하는 경우가 없다. 차량통행에 방해가 되지 않게끔 차량은 한쪽으로 치워놓고 부상자가 발생했으면 부상자 먼저 살피며 경찰이나 응급차가 오기를 기다린다.

작은 접촉사고라도 서로의 인적 사항이나 보험자료 그리고 연락처만 나누어 가진 채 서로의 보험회사에 연락해서 처리하게끔 한다. 얼마나 현실적이며 신사적인 행동인가?

미국에서 교통법규를 위반하여 우리가 흔히 말하는 딱지를 받게 되면 과실을 인정하고 벌금을 내던가, 아니면 법원에 출두하여 자신의 정당성이나 상황을 설명할 수 있는 기회를 갖게 된다. 그리고 과속이나 추월 또는 신호위반과 관련된 딱지는 법원에 출두하여 판사에게 당시 상황을 설명하고 범칙금을 깎아달라고 요청하면 거의 모든 경우가 많게는 절반 또는 벌과금의 10%에서 20%는 할인을 받게 된다.

하지만 학교근처나 어린이보호구역에서 위반을 한 경우는 절대로 이유여하를 막론하고 벌과금을 전액 내야만 한다. 특히 통학버스를 추월했을 경우는 교통법규 위반 벌과금이 음주 운전 다음으로 높다. 통학버스가 학생들을 태우고 내릴 땐 양쪽 방향의 모든 차량들은 통학버스가 출발할 때까지 정지하고 있어야만 한다.

바꾸어 말하면, 미국인들은 그들의 내일의 주역인 어린이들을 그만큼 중요시 여기며 어떠한 상황에서도 보호하려는 의지라 말할 수 있을 것이다. 나 또한 얼마전 학교앞 서행구역에서 과속으로 딱지를 먹었는데 진짜로 판사 앞에 가서 이러쿵 저러쿵 이야기를 해도 씨알도 먹히지 않았었다.

MBC '일요일 일요일밤에—이경규가 간다'코너에서도 일본과 미국의 교통문화를 소개하며 우리의 모습과 비교했던 TV의 장면이 생각난다. 정지선에 얼마만큼이나 잘 맞추어 정지를 하나? 물론 다른 나라와 비교하기 위해 쓰였던 일종의 잣대겠지만 나는 그런 것으로 '교통문화를 선진국이다 후진국이다'라고는 말하고 싶지는 않다.

과속도 역시 마찬가지이다. 이 세상이 싫어서 저 세상으로 빨리 가고 싶어 과속하는 사람들, 먼저 가라고 내버려두자. 중요한 것은 차가 사람보다 우선시되는 우리의 모습, 어린이보호구역이나 학교앞 서행구역을 무시하고 사고시에는 목소리만 높이는 인간들, 가장 기본적인 것이 무시되는 우리 사회가 싫고 이제는 바꿔어야 한다고 이 대목에서는 목청을 높이고 싶다. 대한민국에서 제일 큰 목청으로 말이다.

우리는 지금 좁은 땅덩어리에서 차량 홍수시대에 살고 있다. 누구나 차를 몰며 운전자가 될 수 있지만 누구나 또한 그 차량으로 인하여 피해자 혹은 피해자 가족이 될 수 있다. 사람이 만들어낸 문명앞에 사람이 무시당한다면 이것 또한 우리를 슬프게 하는 것 중 하나일 것이다.

조금만 여유를 갖자. 신호를 무시하고 경적을 마구 울려대는 막가파 아그들보다도 더 살벌하게 운전하던 나도 미국에 와서는 바뀔 수 있었다. 돈만 많이 벌고 경제력만 신장한다고 선진국이 되는 것은 절대 아닐 것이다. 재력에 걸맞는 행동 또한 필요할 것이며 모든 성숙된 사회 모습이 이루어질 때 진정한 선진국, 살기좋은 우리나라가 될 것이다.

미국에서 교통벌칙금은 우리나라와 비교할 때 상당히 액수가 높은 편이다. 그래서 이들이 법규를 더 잘 지키는 게 아닌가 하는 생각도 해본다. 말로 해서 안들으면 우리도 딱지 하나에 몇 십 몇백만원으로 인상을 하더라도 잘못된 일그러진 우리의 교통문화를 이제는 바로 잡아야 할 것이다.(오늘 원고를 다 썼으니 이제는 두꺼비 잡자. 안주는 뭘먹나?)

미제는 기저귀도 좋다?

나는 이휘재처럼 롱다리가 아니다. 이홍렬씨와 같은 과에 속해 있다. 그렇다고 얼굴이 송승헌이나 차인표처럼 잘 생기지도 못했다. 그래서인지 몰라도 나는 옷을 입을 때 상당히 신경을 쓰는 편이다. 체형과 외모의 핸디캡을 극복하기 위해서 말이다.

가끔 아침에 일어나 샤워를 하러 목욕탕에 들어가 거울을 보며 내 자신도 거울속에 비친 내 모습을 보고 놀라는 경우가 있는 나의 모습, 외모에 신경마저 안쓴다면 사람들에게 안면방해내지는 얼굴공해를 창출해 낼까 두려워서이다.

'옷이 날개'라는 말이 있다. 나는 이 말은 좋은 옷 멋진 옷을 입어야 된다는 것이 아니라 자기 자신에게 어울리며 깔끔하게 입으라는 말로 해석하고 싶다. 요즘 한국에서 막 도착한 사람들의 옷차림을 유심히 살펴보면 미국에 살면서도 전혀 접하지 못했던 유명 상표들을 쉽게 접하게 된다.

고향을 그리는 마음을 달래려고 빌려다 보는 한국 비디오물 속에 비친 요즘의 한국 모습을 지켜보노라면 미국의 모든 외식 산업과 고급 브랜드가 떼지어 몰려간 듯 한국내에서 팡팡 돌아가는 장면도 쉽게 볼 수 있다. '외제라면 사족을 못쓴다'는 말은 아마, 우리 한국인들의 현주소이자, 자화상일 것이다.

IMF 경제신탁 통치로 인하여 달러가 하늘높은 줄 모르고 한때 2,000원까지 뛰어올던 때가 있었다. 달러, 지가 뭐 높이뛰기 선수인 양 말이다. 지금은 그래도 많이 내려 앉았지만 말이다. 1달러를 우리돈 1,600원으로 계산했을 때 190억달러이면 30조원이 된단다. 나는 수학 하고는 원수다. 산수 하고도 별로 친하지 못하다. 하지만 남들이 계산해 놓은 게 이렇단다.

지난 97년 상반기에 한국인이 외국상표 로열티와 기술 도입 비로 지불된 금액이 미화 190억불, 우리돈 30조원이 된다는 것이다. 나는 이 돈이 얼마나 큰 돈인지 모르겠다. 남들이 그러는데 어마어마한 돈이란다. 외국상표 로열티와 기술 도입비용만으로 지출된 금액이 말이다.

6·25 동란을 겪으며 배고팠던 시절, 미군 지프를 쫓아다니며 '기브미 초코렛' '기브미 껌'을 외치며 굶주린 배를 채우기 위해 미8군에서 흘러나오는 음식 찌꺼기로 만든 꿀꿀이죽 등 미제 물건에 맛들인 그 시절부터 한국인의 정서에 외제의 우수성이 무조건 좋다는 인식으로 심어졌던지 언제부터란 정확한 기원이나 동기는 모르겠지만, 우리나라 사람처럼 외제에 막말로 사족을 못 쓰는 민족도 드물 것이다.

초등학교시절, 급우 하나가 외국에 사는 친척으로부터 선물 받은 연필이나 색연필을 가지고 학교에 오면 많은 학생들이 우르르 몰려가 '와!' 하는 함성을 지르며 어떻게 하면 한번 써 볼 수 있을까? 하고 짱구를 굴리던 생각이 나의 기억에도 남아 있다.

남을 탓할 것 없이 나부터도 외제를 선호하던 시절이 있었다. 물론 대가리에 피가 마르기 전에, 호적에 잉크 자국이 마르기 전에 말이다. 우리 스스로가 자기 자신에게 물어보자. 나는 과연 국산품을 얼마나 사용하며 외제를 얼마나 좋아하는가? 하고 말이다.

미국에서 살면서 알고 지내는 분이 한분 계시는데 이 양반은 한국에 있는 조카들을 위해 아이들 이유식 통조림부터 시작해서 일회용 기저귀, 장난감까지 한국으로 보낸다. 보다 못해 옆에서 뭐라고 그러면 '그쪽에 있는 사람들의 성화에 못이겨…'하며 말꼬리를 흐린다.

우리가 외제를 얼마나 좋아하는가는 내가 힘들여 컴퓨터 자판을 두들기며 비싼 종이에 써 내려가지 않아도 스스로들 잘 알고 있을 것이다. 똑같은 질과 모양의 제품이라도 외제 상표가 붙어 있으면 더 많은 돈을 지불하며 그 제품을 선택하는 게 우리네 현실이다.

외식 산업시장을 둘러봐도 사정은 마찬가지이다. 불과 5년전만 하더라도 한국내 외국외식 상표는 맥도날드·버거킹·피자헛 정도로 제한이 되어 있었다. 하지만 지금은 파파이 치킨·코코스·TGI 프라이데이 등 미국에 살면서도 한번도 이용해 보지 않은 외식 업체가 지금 한국에선 팡팡 돌아가는 모습을 한국 비디오 테이프를 통해 보면서 나의 마음 한구석을 무겁게 만들었다.

한국 미8군에서 직장생활을 할 때도 참 재미있는 이야기가 있었다. 부대안의 PX에서 구할 수 없는 품목이라도 남대문시장에 가면 얼마든지 구할 수 있다는 이야기가 있었다.

내가 알고 지낸 미국인 친구의 부모도 한국에 체류하며 한국인 외제 장사와 공동으로 PX에서 물건을 빼다 팔아 상당한 돈을 모은 뒤 미국으로 되돌아간 경우를 보았다. 경영학을 전공한 내가 수요와 공급의 법칙을 군이 들먹이지 않더라도 소비자가 원하지 않는 제품은 구매력을 갖지 못하는 것은 너무나 기본적인 상식일 것이다.

후춧가루 같은 작은 것에서부터 의류·화장품·술·담배 같은 기호품과 전자제품 등 외제 상품이 우리들 생활전선 곳곳에서 판을 치는 세상이 되었다. 정부에서 엄격하게 규제를 하던 시절에도 숨어서 양담배를 피워댔다. 사회 지도층 가정에선 밀수 경로를 통해 반입된 외제 가전제품까지도 자랑이나 하듯 사용한 것이 우리의 실정이다. 이제는 수입 시장도 개방이 되었는데 국내기업들이 외국 기업과의 시장경쟁을 하면서 과연 언제 어디까지 버텨낼지 심히 걱정이 앞선다.

독일출신의 아시아경영문제 전문가인 유럽경영연구소의 헬무트 쉬테교수는 최근 마케팅 특집으로 영국의 '파이낸셜 타임지' (FINANCIAL TIMES)에 기고한 그의 원고에서 아시아인의 소비형태를 날카롭게 분석했다.

이 특집기사를 보노라면 우리 사회의 소비형태와도 너무나 유사한 점이 많아 잠시 소개를 하고 넘어가야 할 필요성을 느끼게 된다. 이 기사를 보면 아시아인들은 서구인들과는 완전히 다른 소비형태를 보이고 있다. 예를 들면 루이비통 가방을 산다고 할 경우, 서구인들은 개인적으로 그 물건이 좋아서 사지만, 아시아인들은 다른 사람의 관심과 존경을 받을 목적으로 산다고 지적했다.

아시아인들이 값비싼 프랑스 코냑을 많이 마시는 것도 진짜 좋아서 마시는 것이 아니라 남의 눈을 의식하기 때문이라고 지적하고 있다. 지위를 인식하는 아시아인들은 BMW나 벤츠 등의 자동차나 스카치위스키, 프랑스 코냑 등의 브랜드에 돈을 쓰는데 조금도 망설이지 않으며, 벤츠는 아시아시장 점유율이 가장 높다고 했다. 루이비통 등을 생산하는 프랑스의 사치품회사 LVMH는 생산품의 50%를 아시아에서 판매한다고 한다.

결론은 서구인들이 개인적인 특징이나 성취 등을 통해 자기 존재를 확인하는데 반해서, 아시아인들은 사회적인 관계나 구조 등을 통해 자기 존재를 확인한다고 한다. 서구인들은 자아실현이 소비의 최종 목표라면, 아시아인들은 지위나 명예를 과시하며 주위의 시선을 받기 위함이 소비의 최고 목표라고 헬무트 쉬테 교수는 지적하고 있다.

개인적인 생각이지만 국민들 개개인의 개성과 애국심 결여, 그리고 기업들의 무분별한 단기간내 이윤 발생 경영체제가 무분별한 외국상품 도입의 결과를 자아내지 않았나? 하는 생각을 조심스럽게 이야기하고 싶다. 개똥이 엄마가 외제상품을 쓰면서 자랑을 하거나 비싼 외제 옷을 입고 자랑을 하면 소똥이네 엄마도 '자존심 상해 기죽기 싫어'하며 금방 똑같은 제품을 사들고 너스레를 떨게 된다.

남보다 조금 더 좋은 옷을 입고 좋은 화장품을 쓰면 자기의 인격이나 지위가 상승할 것 같은 개똥철학에서 유래된 우리의 허세, 사람의 인격보다 사람의 외모로 그 사람을 판단하는 그릇된 사회가치관이 우리를 외제의 노예로 만들지 않았나? 하는 생각도 해본다.

개똥이네 회사가 외제 브랜드를 도입해서 장사를 잘하면 소똥이네 회사도 이에 질세라 다른 외제브랜드를 가져와 장사를 한다. 부정할수 없는 우리네 현실이다. 자존심이란 자기가 자신을 사랑하고, 존경하는 마음이다. 이 세상에서 자신조차 사랑하지 못한다면 누가 자신을 사랑하고 존경해 줄 것인가? 우리나라에서 조차 구매력을 잃은 우리의 제품이 과연 세계 어디에서 설 자리를 찾을 수 있단 말인가?

직업상 잦은 출장탓에 렌트카를 자주 사용하게 된다. 미국내 수많은 렌트카회사를 둘러보면 이상한 점을 찾아볼 수 있다. 거의 모든 회사에서 제공하는 렌트카가 미국산 자동차들이다. 10대에 9대꼴로 말이다. 렌트카회사뿐만 아니라 주정부, 관공서, 기업 내에서 공적인 목적으로 사용되는 자동차도 거의 90% 이상이 미국산 자동차들이다. 성능면이나 소비자의 지명도에서 일제 자동차보다 열세에 있지만 말이다.

미국내 자동차 회사중 FORD란 자동차 회사가 있다. 미국인들은 FORD 자동차회사의 이름을 빗대어 'Fix Or Repair Daily'란 농담을 한다. 매일 고치거나 손을 봐야 될 자동차란 뜻이다.

이렇게 자국의 자동차회사를 비아냥거리며 농담을 하지만 지난 수년간 미국내 세단 중형차 부분과 스포츠 유틸리티 자동차 부분에서 BEST SELLING CAR # 1.을 기록한 자동차가 바로 FORD사에서 만들어낸 한국인에게도 낯설지 않은, 미8군내 아리랑 택시로 사용되는 '토러스란 자동차'와 스포츠 유틸리티 자동차인 '익스플로어'란 자동차다.

갈수록 일본인의 브랜드에 경쟁력을 잃어가는 미국내 제품들을 위하여 개인의 선택은 어쩔 수 없지만 렌트카회사, 공공기관, 기업들에서 공적인 목적으로 사용되는 자동차는 거의 모두 미국산 자동차를 구입해 사용하며 이로인한 내수의 활성화와 고용 창출을 이룰 뿐만 아니라, 갈수록 일본 자동차에게 빼앗기는 자동차의 본고장 미국인의 자존심을 지키자는 것이다. 보이지 않는 애국심과 국민들에게 자국의 제품을 이용하자는 메시지도 담겨 있다. 비단 나뿐만 아니라 많은 한국인들이 이구동성으로 미국에 처음 와서 길가에서 우연히 보게 되는 한국산 자동차를 보며 마음 한구석에 뿌듯한 느낌을 받은 적이 있다고 한다. 쇼핑을 하러 백화점 같은 곳을 다녀봐도 불과 3~4년 전에는 MADE IN KOREA라는 제품을 쉽게 접할 수 있었다.

하지만 지금은 MADE IN CHINA에 밀려 미국 내에서 점점 경쟁력을 잃어 가고 있다. 처음 미국에 유학이나 이민을 와서 한국 자동차를 보고 가슴 뿌듯해했던 우리도 몰고 다니는 자동차는 거의 90%이상이 일제나 미제 또는 유럽산 자동차이다.

사람들은 이야기한다. '우리나라도 외제 물건처럼 튼튼하고 좋게 만들면 국산을 쓸 거다' '똑같은 값이면 외제가 질이나 성능이 우수하기 때문에…'라고. 물론 맞는 말이다. 문법상으로나 소비자의 입장에서 말이다. 하지만 언제까지 국산품의 질적 향상과 경쟁력 강화는 뒤로 밀어놓은 채 외제만을 선호할 것인가?

막말로 한달에 만원 버는 놈이 한 달에 1만원 2만원을 쓰면 그놈의 앞날은 안봐도 비디오이고, 안들어도 오디오다. 빚만 잔뜩 지고 망하는 길밖엔 없다. 수출은 만원인데 수입은 2만원이라면 결국 망하게 될 수밖에 없다.

중·고등학교 시절공부는 하지 않았지만, 남들이 사는 참고서는 나도 다 샀었다. 물론 때론 책 산다고 돈받아서 당구 치고 술먹은 적도 있지만 말이다. 참 담배도 샀었다.

기억이 정확히 나지는 않지만 학창시절에 보던 참고서의 제일 아래에 이런 문구가 적혀 있었다. '늦었다고 생각할때가 가장 빠른 때이다'라고 말이다. 초고속 경제성장을 이룩했다고 들떠 아시아의 용으로 자처하던 우리나라가 지금은 거품이 걷히고 뱀의 꼬리라는 불명예스러운 멍에를 달고 IMF경제 신탁 통치시대를 맞아 사회 전반에 걸쳐 어려운 시기를 맞았다. 지금이 새로운 도약의 시기다.

아껴쓰고 나눠쓰고 바꿔쓰고 다시쓰는 '아나바다' 운동을 펼치며 사회 곳곳에서 IMF시대를 이겨 내려는 조국의 모습을 태평양 건너 이곳에서도 가슴 뭉클하게 지켜보고 있다. 나는 내 자신뿐만 아니라 우리 한국인은 역시 저력있는 민족이라 생각하며, 한국인임을 자랑스럽게 생각하고 살아간다. 문제는, 이 위기를 슬기롭게 잘 이겨냈을 때 위기가 찬스가 될 수 있다고 본다.

국민들은 양담배 안 피고, 외제상표 멀리하고 국산품을 애용하는 것이, 당장은 큰 효과를 볼 순 없겠지만 우리는 하루살이가 아니기에 내일을 생각해야 할 것이다. 기업, 비지니스의 제일의 목적은 이윤(PROFIT)창출이다. 외제를 선호하는 소비자를 이용, 단기간 이윤창출을 위해 드넓은 숲은 보지 못한 채 눈앞의 나무만을 바라보는 기업들 모두가 이제는 거품을 거두어 내고 새로이 시작해야 할 것이다.

아이들은 부모나 기성세대들이 무심코 주고 받는, 그리고 내뱉는 말에 상당히 예민하다. 외제만 좋아하는 부모나 기성세대들을 바라보고 자라나는 우리의 후손들은 해를 따라 다니는 해바라기처럼 또 다시 외제에 사족을 못쓰는 기성세대로 자라날 것이다.

고등학교를 갓 졸업하고 사회에 첫발을 내디디며 '쓰벌, 앞으로 뭘해서 민생고를 해결하며 살아야 하나?'하며 앞으로 내 곁에 있어 줄 여우 같은 마누라와 토끼 같은 자식들을 위해서 적어도 밥은 굶기지 말아야지 하며 기술을 배워두기로 작정하고 제과기술을 배우러 다녔었다.

6개월 과정의 제과기술을 배우고 자격증을 딴 후에 제과점에 근무할 때 만난 한 형이 있었는데, 그는 자기 직업에 대한 자부심과 꿈이 상당히 큰 사람이었다. 간혹 소주를 마시면 아니, 맥주나 막걸리를 마셔도 우리나라에 들어와 있는 외국 브랜드의 음식업체를 예로 들며 '왜 우리는 언제까지나 외국 브랜드를 들여와 비싼 로열티를 내면서 우리의 입맛을 버려야 하느냐'며 열변을 토했다.

그러면서 자신의 꿈은 우리의 훌륭한 음식중 하나인 떡을 외국인의 입맛에 맞게 개발해서 미국 뉴욕이나 LA같은 세계중심부에 한국인의 떡을 로열티를 받으며 세계 만방에 알린다는 꿈을 가지고 있었다. 벌써 9년전의 일인데 아직까지 그의 꿈이 이루어지진 않은 것 같다.

　그래도 나는 그를 아직까지도 기억하며 앞으로 10년 후라도 그 꿈이 꼭 이루어지길 바란다. 국민들의 국산품 애용, 기업들의 국산품 질적 향상과 경쟁력 강화 IMF를 이겨내고 선진국으로 가기 위한 필수 당면 과제라고 본다.

제 2 부

상놈이 양반보다 잘사는 이유

떡고물에 망가지는 한국 사회

오래전의 일이다. 자신의 형량에 불만을 품고 있던 몇명의 탈옥수가 서울시내 중심가의 한 주택에 침입하여 경찰과 맞서다 결국엔 자살을 시도했고, 검거되면서 남겼던 말이 있다. '유전무죄 무전유죄'. 이 사건이 발생한 지 많은 시간이 흘렀지만 나의 뇌리에서 쉽사리 지워지지 않는다.

미·소 냉전이 종식되며 세계 각국에 주둔하고 있는 미군의 규모나 숫자가 많이 줄어들긴 했지만 아직도 많은 나라에 세계평화란 슬로건을 내걸며 미군이 주둔하고 있다. 미국내에서 많은 숫자는 아니지만 종종 이민 1.5세나 2세 한인들이 미군에 입대하는 것을 심심찮게 보게 된다. 직업군인으로서, 아니면 대학교육을 위해 학자금 마련 등의 저마다 다른 이유로 말이다.

일정한 교육을 받고 나면 희망 근무지를 제출하게 된다. 미국내 부대 또는 미군이 주둔하고 있는 해외로 말이다.

예전엔 한인들이 자신의 모국에 나가서 뿌리 교육도 받고 결혼적령기에 있는 사람들은 배우자도 만날 수 있고 아무쪼록 '똥개도 자기네집 앞에서는 50% 먹고 들어간다'는 이야기를 굳이 언급하지 않더라도 자신의 모국에서 군대생활을 하기 위하여 한국을 지원했으며 거의 모든 지원자가 주한 미군에 배속 되었다고 한다. 하지만 지금은 상황이 전혀 그렇지 않다고 한다. 지원자가 너무 많아서 힘들다고 한다.

이유인 즉, 한국에 가게 되면 '눈먼 돈' '검은 돈'을 만지기 쉽고, 더불어 외국인을 신주받들 듯 하는 한국인이 많다는 것이 입에서 입으로 전해져 이제는 한국이란 나라가 어디에 붙어 있는지 모르면서도 미군의 해외 희망 근무지중에서 상위그룹에 속하게 되었단다.

주한 미8군에서 직장생활을 할 때의 일이다. 당시 내가 속한 부서는 용산 8군에 근무하는 군인및 민간인들을 위한 모든 스포츠 행사를 담당하는 부서였는데, 총감독인 JACKSON이라는 까만 미국 아이가 있었다.(가수 마이클 잭슨과는 아무런 친·인척 관계가 없음). 이 녀석은 미군 상사로 전역한 후에도 민간인 자격으로 일을 하고 있었는데 그 당시 한국에서만 10년을 일했고, 매 2년마다 임기만료가 되면, 보통 다른 미국인들은 자신들의 본국으로 발령받기를 희망하는데 이 녀석은 무슨 수를 써서라도 한국에 잔류하기를 원하는 피부색깔만큼이나 거무칙칙한 아이였다.(여기서 '아이'는 나이가 어린 사람이 아닌, 나쁜 사람을 표현하는 것임)

나는 처음엔 '아! 이 녀석이 한국을 사랑하는 훌륭한 쿤타의 자손이구나'라는 생각을 했었다. 그러나 같이 일을 하면서 왜, 이 녀석이 한국에 계속해서 잔류하려는 이유를 곧 알게 되었다. 바로, 부정부패에 맛이 들었기 때문이다.

8군내 스포츠 행사를 하게 되면 각종 트로피나 행사관련 기념 T셔츠 등 여러 가지 준비물을 한국상점에서 구입하게 되는데 여기에 할당되는 예산이 가히 만만한 돈이 아니었다. 그 당시 이 녀석이 한국인에게 배워서 짭짤하게 써먹은 수법은 여러 회사를 연락해 그중 한 업체에게 1년 계약을 맡기면서 뒷구멍으로 일정

액의 수수료를 받는 것이었다.

그것도 모자라 가령 구입비가 만원이 들었다면 영수증은 2만원 또는 3만원짜리로 만들어서 차액을 챙기는 수법으로 한국에 있으면서 돈도 많이 벌었고 그 맛에 뒤로 챙기는 맛에 한국을 못 떠나게 되는 이유를 알았을 때 참으로 찜찜했었다.

그 녀석의 부인은 가슴 아프게도 한국인이었고, 그 녀석의 부정에 함께 동참했던 한국인들의 모습을 보면서 동참의식 강한 우리의 일그러진 모습에 무척 자존심이 상했던 기억이 아직도 흉터처럼 남아 있다.

지난 94년, 이곳 시애틀의 교민 라디오 방송국에서 DJ로 일할 때였다. 2시에서 4시까지의 라디오 방송을 마치고 다음날 방송을 위하여 스크랩을 하며 원고를 준비하고 있었는데, 마침 한국의 뉴스를 방송하는 시간이 되었다. 라디오에서 흘러나오는 이야기를 듣는 순간 막말로 무슨 귀신 씨나락 까먹는 소리를 하는가? 하며 점심 식사 후 곱창이 팽창하며 그 파생작용으로 인하여 졸립던 눈이 확 떠지던 기억이 있다.

그 고국 뉴스란 다름 아닌, 성수대교 붕괴 소식이었다. 처음엔 내 귀가 잘못되었는가 의심도 했고 또 세계 최초로 뉴스시간에 개그를 하는 것인가 하는 생각을 했지만 불행하게도 사실이었다. 출근과 등교길에 수많은 목숨을 앗아갔던 성수대교 사고 그리고 다음해에 발생했던 삼풍백화점 붕괴사고 이 모든 것이 나의 모국, 대한민국 사회 곳곳에 만연되어 있는 뇌물 주고받기와 부정부패의 참담한 결실일 것이다.

문민정부 초창기, 금융 실명제를 실시하며 부정부패 척결을 내걸던 문민정부는 꽃다방에 새로 온 레지 미스 김만큼이나 국민의 인기를 등에 업고 소위 잘 나갔었다. 하지만 아버지는 앞에서 말로만 부정부패를 외쳤고 아들은 뒤에서 삼겹살에 상추쌈 싸먹듯 참 맛있게 그리고 잘 해먹었다. 미국에 둥지를 튼지 5년이란 세월이 흘렀어도 출신 성분이 된장에 김치인지라 나는 아직도 태평양 건너 소식을 하루도 빠지지 않고 인터넷을 통하여 접하게 된다.

들리는 이야기를 보면 도대체 부정부패와 뇌물 주고받기의 끝이 보이질 않는다. 교수 임용을 둘러싼 뇌물 주고받기, 법앞의 평등을 부르짖는 판사와 변호사간의 뒷돈 거래 등 어느 가수의 노래 제목처럼 '부정 부패의 끝은 어디인가요?'라는 질문을 스스로에게 던져보게 된다.

미국의 세금제도는 'VOLUNTARY COMPLIANCE'라고 해서 납세자가 자진 신고하는 제도이다. 자진해서 신고한다니까 꽤 허술한 듯한 제도처럼 보일지 모르지만, 미국내에선 이미 오래전에 자리잡은 실명제와 더불어 재산을 증식해 나가는 과정에 있어서 미국의 세금제도는 그 내용을 알게 되면 개구리 왕눈이 눈 튀어나오듯 아무도 꼼짝 못하게 되어 있음을 알고 놀라게 된다.(※참고 : 국세청 통계에 의하면 국민 전체의 83%는 세금을 제대로 납부하는 반면 17%는 그렇지 않다고 한다)

현금이 통하는 사회가 아니고 웬만하면 거의 모든 사람이 개인 수표를 사용한다. 그러다 보니 은행에 돈이 입금되고 지출되는 것을 훤히 들여다 볼 수 있게 되어 있다. 현금 또는 수표등 1만 달러 이상을 은행에 입금하거나 어디에 쓰려면 받는 쪽에선 국세청(IRS)에 보고를 하게 되니 이 또한 훤히 나타나게 된다. 부동산을 구입하면 ESCROW 회사를 통해서 국세청에 보고가 들어가고, 자동차를 구입해도, 주식을 사더라도 무엇 하나 정부 공공기관에 보고하지 않고 살 수 있는 것들이 없는 실정이다.

바꾸어 이야기하자면, 이렇게 제도가 완벽하게 되어 있기 때문에 공무원들도, 회사 직원들도, 일반인들도 간이 배밖으로 나와 있는 뱃심좋은 놈 빼놓고는 뇌물을 주고 받지 못하게 되어 있다.

공인중개사로 입에 풀칠을 하다 보니 손님들의 사업자면허 등 각종 면허취득관계로 인하여 주정부 공무원들과 만날 기회가 많다. 또한 융자문제로 인하여 은행 관계자들과도 만날 기회가 잦다. 이때 일이 잘되고 해서 고마움의 표시로 백화점 상품권이나 식사제공을 하려 해도 이들은 한결같이 정중히 거절한다.

자신이 할 일을 했을 뿐이며 그에 상응하는 정당한 임금을 받기 때문이라는 이유를 들며 말이다. 우리네 사고방식상 가벼운 상품권 한장, 저녁식사 한끼는 뇌물이나 향응에 해당되지 않게 생각되지만 이들은 이유없는, 합당치 않은 내가는 싫어한다. 의식구조 자체가 뇌물이란 단어를 멀리 귀향보내 놓은 것 같다.

IMF로 인하여 요즘 한국은 막말로 똥줄이 탄다. 오나 가나 경제 이야기이다. 얼마전 누군가가 쓴 글이 퍽 인상적이었다. 한국의 경제개혁은 거창한데서 시작할 것이 아니라 뇌물 주고 받는 사회로부터 뿌리를 뽑아야 된다는 이야기이다. 50년, 100년이 걸리더라도 이것이 고쳐지지 않는 한 일류 선진국가를 이룰 수 없다는 것이다.

사회 고위층에서 일반 국민에 이르기까지 뇌물에 젖은 문화를 바꾼다는 것은 쉬운 일이 아님에는 틀림없는 일이다. 일시적으로, 감정적으로 무슨 사회정화 운동처럼 할 것이 아니라 근본적인 제도장치를 만들어 뇌물을 받으면 누구든지 배탈이 나게끔, 그래서 설사를 하게끔, 그래서 냄새가 나면 걸리게 하게끔 하는 식의 사회 기본문화가 필요한 것이다.

한국의 부모들처럼 자식들을 위하여, 자신들의 인생을 헌신하는 부모들은 이 지구상에 없다고 단호히 이야기 할 수 있다. 자식들이 좀더 편하고 잘 살게끔 많은 투자와 뒷바라지를 아끼지 않는다. 하지만 그들의 장래를 위해서 투자나 교육도 중요하지만 그보다 더 중요한 것은 정도가 있는 사회, 부정이 통하지 않는 사회를 만들어 주는 것이 눈앞의 나무를 보지않고 멀리 숲을 볼 수 있는 안목이라 생각한다.

　'유전무죄 무전유죄'를 외치며 자살을 기도했던 탈옥수, 졸다가 들었던 성수대교 붕괴사고, 삼풍백화점 붕괴사고, 교수 임용을 둘러싼 뇌물 주고받기, 전세계 역사에 전무후무할 대통령 비자금과 관련된 실형 선고 등 이 모든 부정부패가 역사의 뒤안길에 파묻혀 버리길 간절히 희망하며 정도가 통하는 사회, 부정부패가 없는 사회를 만들기 위하여 우리 모두가 노력해야 할 것이다.

　* ESCROW 회사란? — 모든 부동산 매매 거래시 사는 사람과 파는 사람의 가운데, 즉 제삼자의 입장에서 모든 법적 서류관계를 준비, 확인하며 계약금을 관리하고 모든 매매성사가 법적인 하자없이 이루어질 경우 돈을 파는 사람에게 건네주고 사는 사람의 등기를 이전하는 부동산 관련 회사.

잘되면 내탓 못되면 네탓

성수대교 붕괴, 삼풍백화점 붕괴, 군장병 행군중 사망, 경찰내 폭행 행위로 의경 자살 등… 우리는 사회면에 올라오는 우리사회의 굵직 굵직한 사고뉴스 다음날이면 바로 누구 누구 경질, 누구 누구 사표처리 등 책임성 문책에 관한 기사가 열차놀이 하듯이 바로 맞물려 발표되는 전례를 수 없이 보아왔다.

그러나 몇몇 사람의 문책과 경질만으로 비슷한 유형의 사고를 사전에 막을 수만 있다면 도살장에서 닭 모가지 비틀듯 확실하게 문책하여 똑같은 불행의 싹을 잘라 버리겠지만 불행하게도 우리는 비슷하고, 똑같은 사고의 수많은 재발을 보아왔다.

내가 살고 있는 이곳 미국이나 경제대국으로 불리는 일본 등 소위 선진국가에서도 많은 사고와 사건이 일어난다. 그러나 판이하게 틀린 다른 점이 있다면 그들은 대형 사건이나 사고가 발생했을 때, 우리 사회처럼 누구의 잘못이냐를 따지며 몇명의 지도층 책임인사를 경질·문책하기보다는 국민과 지도층 그리고 언론이 단결하여 사고의 원인규명과 재발방지에 앞장선다는 것이다.

지난 86년 1월 전세계를 깜짝 놀라게 했던 미우주 왕복선 챌린저호 공중폭파 사건이 그 좋은 예다. 이렇게 엄청난 사고였음에도 불구하고 누구 하나 사고의 책임을 지고 구속되지 않았었다.

사건이 발생된 지 한달 뒤 NASA로 불리는 미항공우주국의 필립 컬버트 국장만이 직위 해제되었다. 그리고 관계자 몇명은 사고의 원인을 밝혀낸 뒤 누구의 압력도 작용하지 않았지만 스스로 자신들의 자리에서 물러났다.

대신 사회적으로 '오늘의 불행을 발전을 위한 밑거름으로 여기자'라는 여론이 형성되었고, 당시 미합중국 대통령이었던 레이건은 "이 나라의 모든 국민과 이 고통을 함께 한다"며 단합을 외쳤다.

'뉴욕 타임지'는 한술 더 떠 사고 다음날 신문사설을 통해 '누구를 비난하는 일따위는 자제하고 국민들의 깊은 실망과 좌절을 용기와 희망으로 되돌려 놓는 일이 시급하다'고 강조했다. 뉴욕 타임지뿐만 아니라 미국내 많은 언론사들은 사건발생후 1년이란 시간을 소비하며 사건을 추적했다. 하지만 책임자를 가리기 위한 것이 아니라 원인을 규명, 재발을 막자는 취지였다.

불과 2년전인 지난 96년 230명의 생명을 앗아간 TWA 800기의 공중폭파 사고도 재발을 막는 일에 모두가 협력했다. 16개월간의 진상조사를 마친 후 미 언론사들로부터 '미국의 역사상 가장 진지하며 깊이 있는 수사였다.'라는 칭찬을 받기도 했다.

김영삼 전대통령의 집권말기인 97년말, 우리는 IMF로 불리는 경제식민 통치라는 굴욕적인 역사의 서막을 올리게 되었다. 한국 사회뿐만 아니라 내가 살고 있는 이곳 미국 등 세계곳곳에 흩어져 살고 있는 수많은 해외동포들에게도 엄청난 충격이었다.

하지만 이렇게 엄청난 역사의 소용돌이속에서도 행정부와 언론은 국민들의 알권리에 역행하며 사실을 은폐 또는 축소하려 했고 외환위기로 인하여 풍전등화의 모습으로 한 나라의 부도여부가 눈앞에 펼쳐졌어도 정치권에 있는 지도자들이나 국민들 모두가

'왜 이렇게 되었을까?'라는 원인의 진상규명과 함께 어떻게 이 험난한 역사의 소용돌이를 헤쳐나가야 하는지 해결책을 갈구하기보다는 김영삼 정부를 질책하며 이 모든 사건이 대통령 한사람의 책임인양 누구의 탓으로 전과하는데 열을 올렸다.

물론 많은 사람들이 생각하기를 대통령이 좀더 정치를 잘하고 나라살림을 잘 꾸려나갔다면 하는 여운은 남겠지만 나의 생각은 그렇지 않다. IMF는 우리 모두가 만든 공동작품(?)이라고 본다. 나라살림을 이끌어가는 정치권이나 국민의 알권리를 보장해야할 언론, 그리고 대한민국 국민 모두의 착각과 낭비가 오늘의 IMF를 불러왔다고 이야기하고 싶다.

어설픈 민주화는 노사충돌을 불러와 인건비 상승을 빚어냈고, 인적자원 밖에 달리 내놓을 게 없는 한국경제에 인건비 상승은 크나 큰 타격이었다. 언론 또한 88올림픽을 전후해 우리나라가 선진국 대열에 합류한 듯 국민들을 착각 속으로 밀어 넣었고, 대기업들은 자신들의 자본을 늘려 나가며 외국과의 경쟁력을 강화하기보다는 비싼 외채를 빌려다 한마디로 돈장사 땅장사에 열을 올렸던 것이다. 경쟁력을 갖춘 우리의 상품을 만들기보다는 값비싼 로열티를 지불해 가며 외제상품을 도입, 단기간내 이윤만을 추구해 외제라면 사족을 못쓰는 우리 국민들을 더욱 더 허영에 빠져들게 했다.

많은 국민들 또한 국민소득 1만 달러라는 허영속에 빠져들어 너도나도 해외여행을 다니며 달러 쓰기에 바빴고 해외여행 한번 다녀오지 못한 사람은 시대에 뒤떨어진 시골 촌놈 만득이 취급받기에 이르렀다.

유학 자율화 조치, 조기유학 전면개방에 따라 자격도 안되는 사람들이 해외로 빠져나가 공부를 하러 온 건지 달러를 쓰러 온

건지 모를 정도로 방종과 낭비로 일관했다.

게중엔 나는 유학도 않가고 해외여행도 안했다고 말하는 사람도 있을 것이다. 하지만, 한국사회내에서 버거킹이나 맥도날드로 상징되는 외국식당에 가서 밥 한끼 안먹어 본 사람, 집안에 외제 상표가 붙은 가전제품이나 의류 한점 지니고 있지 않은 사람은 없을 것이다.

내가 이야기 하고자 하는 것은 만원을 훔친 사람은 도둑이고, 천원을 훔친 사람은 그 액수가 적다고 하여 도둑이 안되는 것이 아니라는 것이다. 액수의 크고 작음에 관계없이 남의 것을 범한 사람은 다 똑같이 도둑이 듯이, 해외에 얼마나 자주 나가고 달러 낭비의 크고 작음에 관계없이 IMF의 원흉은 우리 모두의 책임이라는 이야기를 하고 싶은 것이다.

'탈무드'에 보면 이런 이야기가 나온다. '사람들은 걸려 넘어지면 우선 돌탓으로 돌린다. 돌이 없으면 언덕탓으로 돌린다. 언덕이 없으면 자기가 신고 있는 구두탓으로 돌린다. 사람들은 매사를 쉽사리 자기 탓으로 돌리지 않는다.'

'나는 항상 옳다'라고 생각하는 것은 겸허함이 모자라기 때문이라고 생각한다. 물론 자기탓으로 돌린다는 것은 쉬운 일이 아니다. 인간은 공동생활을 영위하고 있다. 서로 양보하지 않고는 인간의 공동생활은 성립되지 않는다. 자기가 옳지 못한데도 정당화하려고 하면 다른 누군가가 잘못되어 있다는 것으로 조작해야만 한다.

'나는 언제나 옳다. 그리고 남들은 언제나 그릇되어 있다'고 사회의 모든 구성원이 줄곧 이렇게 말한다면 사회가 어떻게 되겠는가? 하지만 우리는 이같은 함정에 빠지기 쉽다. 서로가 겸허해져야 하며 자기 잘못을 솔직하게 인정할 줄 알아야 한다. 그리고 사회적인 사고나 사건이 생길 때 서로에게 책임을 전가하며 누구의 탓으로 돌리는 사회 의식구조가 이제는 바뀌어야 한다.

몇명 책임자의 경질로 문책하는 차원을 뛰어넘어 원인조사와 진실규명으로 재발방지에 전력을 기울일 수 있는 성숙된 국민의식이 확립되어질 때 진정한 선진국, 진정한 세계화를 이룰 수 있으리라 믿어 의심치 않는다.

전국민 의료보험도 없는 나라 미국

한국에서 생활할 때나 이곳 미국에서 생활하면서 가끔 한국신
문 사회면에 돈이 없어서 치료를 못받고 죽어간 사람들의 기사를
심심찮게 접했던 기억이 난다. 일분 일초 촉각을 다투는, 사람의
고귀한 생명의 생사여부가 달려 있는 각박한 상황에서도 입원비
와 진료비가 없어 문전박대 당하고 죽어간 생명들의 소식을 접할
때면 솟구치는 울분을 어찌할 줄 모를 때가 한두번이 아니었다.

성질 같아선 그 병원에 불을 지르고 싶었고, 입원 또는 치료를
거부한 의사나 담당직원을 찾아내 장마철에 쌍무지개 뜰 때까지
패버리고 싶었다. 하지만 법은 존중해야 되는 것 아닌가? 이럴 때
면 나는 애꿎은 샌드백을 치며 울분을 삼키곤 했다.

날이 갈수록 인간의 정이 가뭄에 쩍 갈라진 논바닥 모양만큼이
나 메말라지고, 개인 이기주의가 먼옛날 신과 같은 높이에 오르
고자 바벨탑을 쌓던 그 높이만큼이나 하늘높은 줄 모르게 높아지
며, 황금만능주의에 물들어 많은 사람들이 돈의 노예가 되어 가
는 현대사회에서 과연 이 세상 그 무엇보다도 소중하고 존엄해야
할 인간생명의 값어치가 돈아래 있다는 현실이 너무나 서글픈 생
각이 든다.

인간이 만들어 낸 많은 생활 제도중의 하나인 돈앞에 언제까지

귀중한 생명의 존엄성이 짓밟혀야 하는 것일까? 하는 생각에 또 다시 두꺼비 한병을 찾게 만들며 기필코 이런 더러운 세상에 대응하기 위해 많은 돈을 벌어 돈때문에 죽어가는 불쌍한 사람들을 돕고 살자는 내 인생의 목표를 다시 한번 다짐하게 된다.

한국과 미국사회는 많은 차이점이 있다. 그중 하나가 의료비의 차이이다. 내가 한국에서 생활할 때 전국민의료보험이 실시되었다. 하지만 미국은 거대한 땅덩어리처럼 세계 제일의 경제대국이면서도 아직까지도 전국민의료보험은 실시되지 않고 있다.

의료보험이 없으면 개인적으로 보험회사를 정해서 의료보험에 가입하거나, 아니면 '나는 절대 아프지 않을 거야' 라는 긍적적인 사고의 소유자처럼 의료보험 없이 생활할수도 있다. 하지만 의료보험이 없을 경우 병원에 가게되면 고스톱판에서 혼들고, 쓰리고에 피박 맞은 기분이 들 정도로 쓰라린 가슴을 어루만지며 병원문을 나서게 될 것이다. 의료보험이 없을 경우 진료비 또는 입원비가 상당히 비싸기 때문이다.

병원비가 비싸서인지 아니면 서부 개척시대의 상징물인 청바지처럼 질기고도 튼튼한 개척정신의 후예들이어서인지는 몰라도 미국여성들은 출산을 한 후 병원에서 입원을 하지 않는다. 순산을 하지 못한 경우를 제외하고는 거의가 출산후 바로, 또는 겨우 하루정도만 병원에 있다가 퇴원을 한다. 그리고 언제 애를 낳았느냐? 라는 표정으로 일상생활에 전념한다.

이곳 교민사회에서도 이러한 점때문에 개인적인 의료보험이나 직장의료보험이 있어도 보험혜택을 받지 못하는 치과 진료나 성형외과 같은 진료는 한국으로 가서 하고 오는 사람들을 흔하게 볼 수 있다. 미국과 비교할 때 한국의 병원비가 월등히 싸기 때문이다.

나도 유학 초창기시절 뒤늦게 건방지게 튀어나온 사랑니 제거 작업과 썩은 이빨을 떼우는 데, 한국 같으면 불과 몇만원내지는 십만원 안팎에서 끝날 공사가 이곳 미국에선 그 당시 환율 1달러에 800원할 당시였는데, 600달러, 우리 돈으로 48만원이란 거금을 주고 치료를 받았던 경험이 있다.

그 당시 항상 생활고에 찌들던 때라 어머님께서 해주셨던 금목걸이를 팔아 병원비를 충당하며 '쓰벌, 미국에선 맘대로 아프지도 말아야겠고 건강한 게 돈버는 방법 중에 하나구나!'하며 병원문을 나선 기억이 아직도 눈앞에 선하다. 특히 초등학교 동창 중에 한명이 한국에서 치과의사를 하는데 그날 따라 그 녀석 생각이 어찌나 간절하던지… 좌우지간 미국의 병원비는 한국과 비교할 때 엄청나게 비싸다. 하지만 중요한 것은 미국은 사람의 생명이 항상 돈보다는 우선시된다는 점이다.

한국처럼 '원무과에 가서 등록부터 하시고 입원비 마련해 오세요'하며 시베리아 벌판에 찬바람이 쌩쌩 불듯이 고귀한 인간의 생명을 돈밑에 내려놓는 파렴치한 행위는, 이곳 미국에서는 눈을 뒤집어 까고, 돋보기에 현미경에 망원경을 동원해도 찾아볼 수가 없다. 누가 아프다거나 생명이 위급하면 일단 그 사람의 생명을 먼저 구해놓고 그 다음에 치료비 지불능력을 따진다.

이때 환자가 병원비를 일시불로 지급할 능력이 없으면 페이먼트, 즉 월부로도 병원비를 내게끔 해준다. 이 세상 그 무엇도 사람의 생명보다 귀중할 수 없다는 인간생명의 고귀함이 실천되고 있는 나라이다.

황금만능주의에 물들어 사는 각박한 현대사회, 적어도 인간의 고귀한 생명이 돈앞에 무참히 짓밟히지 말았으면 하는 나의 간절한 바람이 결코 무리라고 생각되지 않는 날이 나의 사랑하는 조국, 한국에서도 하루 빨리 이루어지길 창문을 두들기는 잔잔한 봄비의 연주소리를 들으며 간절히 빌어본다.

술꾼 비웃는 은어 'BAR FLY'

이 세상 최초의 인간이 포도나무를 심고 있었다. 그때 악마가 찾아와서 무엇을 하고 있느냐고 물었다. 인간이 '나는 지금 굉장한 식물을 심고 있지.'하고 대답하자, 악마가 '이건 처음 보는 식물인데' 하고 말했다. 인간은 악마에게 '이 식물에서는 아주 달고 맛있는 열매가 열린다구! 그리고 그 국물을 마시면 아주 행복해진다' 라고 설명했다. 그러자 악마는 자기도 꼭 동업자로 넣어달라고 부탁하면서, 양과 사자와 원숭이와 돼지를 끌고 와서 그것들을 죽여 그 피를 거름으로 뿌렸다.

포도주는 이렇게 해서 이 세상에 처음으로 생겨난 것이다. 술을 처음 마시기 시작할 때에는 양처럼 온순하고, 조금 더 마시면 사자처럼 사나워지고, 조금 더 마시면 원숭이처럼 춤추며 노래하고, 더 많이 마시면 토하고 뒹굴고 하여 돼지처럼 추해진다. 이것은 악마가 인간에게 준 선물인 것이다.

많은 사람들이 알고 있는, 그리고 내가 즐겨 보는 책 '탈무드'에 나오는 술의 기원에 관한 이야기이다. 담배는 백해무익하지만, 술은 적당히 들면 약이라는 이야기가 있다. 문제는 바로 적당치 못하는 것에서 발생되는 것이다. 비단 술뿐만이 아니라 인생을 살아가면서 뭐든지 적당하면 좋지만 거기서 조금 더 욕심을 부리게 되면 술뿐만이 아니라 모든 일들이 탈을 불러일으키게 된다.

한국사람들의 술 소비량, 희미한 나의 기억을 더듬어 보면 이 또한 세계 어느 나라에도 빠지지 않을 기록을 갖고 있다. 웬만한 한국남성들은 아마 학창시절에 술을 배워 거의 모두가 평생을 마신다 해도 과언이 아닐 것이다. 마시는 양의 차이는 다르겠지만 말이다.

학창시절, 선생님이나 부모님 몰래 새우깡 안주삼아 두꺼비로 시작한 음주문화는 성인이 되어 사회생활을 하면서도 계속 이어져간다. 입학식·졸업식 그리고 선배·동료들과의 술자리, 군에 입대해서도, 그리고 사회인이 되어서도 우리는 술자리에 앉게 되는 기회가 너무나 많다. 그래서 한국남자들 사이에선 '언제 한잔 합시다'라는 말이 거의 일상적인 인사말 중의 하나이다.

커피의 쓴맛과 술의 독한 맛을 알지 못하고 인생을 논하지 말라는 말을 누가 했는지 모르겠다.(내가 한 말인가?) 하지만 인생을 살아가면서 누구나 왠지 오늘 같은 날은 한잔 생각이… 밀려드는 날이 있을 것이다. 그리고 술은 때로는, 우리에게 용기도, 화해의 수단도, 그리고 마음의 아픔을 치료해 주는 감초같은 약의 역할도 한다.

하지만 문제는 긍정적이며 유용하게 사용될 수 있는 술이 잘못된 음주문화로 인해 우리에게 피해를 입힌다는 점이다. 우리 사회의 음주문화를 잠깐 되돌아보자. 술자리에 앉게 되면 옆사람에게 술 한잔 권하게 된다. 그리고 받는 사람이 안마신다고, 못마신다고 하면 '안마시면 쳐들어간다'고 한다. 아니 자기들이 김정일 특공대라도 되는지 쳐들어가긴 어딜 쳐들어가는지 모르겠지만 술 안마신다고 쳐들어간단다. 정말로 족발에 닭살 돋는 소리이다.

술을 마시게 되면 한국사람들 치고 1차에서 끝내는 사람이 모르긴 몰라도 거의 없다고 해도 나에게 시비걸 사람은 없을 것이다. 우리네 음주문화는 고시시험도 아니고 대기업 입사시험도 아닌데 항상 1차·2차 그리고 3차까지는 무난히 가게 된다. 심지어는 4차·5차 그리고 날밤을 까면서까지 마시는 분들도 종종 목격을 하게 된다.

한국남자들의 과시욕중에 빼놓을 수 없는 게 바로 주량이다. 술을 잘 마시면 신도시아파트 분양권을 주는 것도 아닌데 술 잘 마시는 걸 자신의 대단한 능력인 양 또는 자신의 업적인 양 떠들어대는 사람들이 있다. 왕년에는 소주 한박스도 마셨는데… 로 시작해서 기타, 드럼 등등… 많다. 모든 사람들이 마시는 걸, 술 마시는 걸 좋아하니, 아니 사회분위기가 그러니 비지니스도 술자리에서 이루어지는 사례가 은근히 많다.

맑은 정신으로 내기 당구 쓰리쿳숀 돌리듯 각도기에 삼각자까지 빌려서 요리재고, 저리재듯 앞뒤 재가며 생각하고 검토해도 항상 실패의 위험이 따르는 것이 비지니스의 특성인데 술자리에서 이루어지는 비지니스가 튼튼히 오래갈지 심히 의심이 가지만 우리네 사회의 많은 비지니스는 술자리에서 자주 이루어진다고 해도 과언은 아닐 것이다.

이번엔 술을 마시는 방법을 보자. 일부다처제를 선호하던 조선시대도 아닌데 한가지 술로 끝까지 마시는 법이 거의 없다. 맥주·소주·막걸리 등을 섞어 마시다 그것도 모자라 히로시마 원폭에서 기원됐는지 폭탄주까지 생겨났으며, 요즘은 회오리주라는 것도 생겨났다고 한다.

모두들 어려서부터 고단위 단백질을 섭취하며 성장들을 하셨는지, 아니면 간덩이에 다이아몬드로 코팅을 해놓으셨는지는 모르겠지만 술을 입에 댔다 하면 꼭지가 돌 때까지 마시며, 마시는 양도 엄청나다.

이번에는 술집을 한번 엿보자. 한국의 웬만한 술집 치고 여자 없는 술집이 거의 없다고 해도 나에게 이의를 걸 사람은 없을 것이다. 그리고 한국남자 치고(다는 아니고, 대다수)여자 있는 술집 싫어하는 사람은 많지 않을 것이다.

나 또한 한국에서 생활할 때 자주는 주머니사정이 허락질 않았고, 가끔은 친구 또는 선배들과 함께 여자가 있는 술집에 가보았지만 한국에는 황진이의 뒤를 잇고자 하는 여성들이 상당히 많은 것 같다. 수요와 공급의 법칙, 그리고 닭이 먼저냐 계란이 먼저냐를 논하지 않더라도 황진이의 뒤를 따르는 여성들과 기생을 좋아하는 남자들의 악순환은 특별한 계기가 마련되지 않는 한 계속되리라 생각한다.

내가 한국을 떠난 후 태평양 건너 들려오는 고국소식에 족발에 닭살돋 듯 놀란 적이 여러번 있었는데, 그중 하나가 바로 호스트바의 출현이었다. 젊은 나이인 내가 생각해도 일본 야쿠자계의 잘 나가는 아이 '도끼로 이마까'란 아이의 이름처럼 골 때리는 뉴스인데 기성세대들이 바라볼 때는 그 느낌이 어떠했을까? 감히 상상이 갔었다.

유교사상이나 남성우월주의, 남존여비 사상이 아직도 사회 곳곳에 만연해 있는 우리 사회에서 남자가 여자곁에서 갖은 아양을 떨며 술을 따르고, 때로는 몸도 팔고… 그러나 문제는 행정당국의 처사이다. 남자가 술을 팔고 몸을 파는 것은 사회적 문제로 대두시켜 온갖 소란을 다 떨며 잡아들이고 법적인 제재를 가하지만 여자가 술을 팔고 몸을 파는 것은 그냥 오래된 우리 사회의 관습이니 걸리면 잡고 안 걸리면 내버려 두는 듯한 구태의연한 행정태도에 나는 오늘밤 또 다시 막걸리나 요구르트 병을 깨뜨리며 두부를 격파하고픈 충동이 든다.

 법앞에 만인이 평등하다라는 이야기가 있다. 남녀노소를 막론하고 말이다. 술 팔고 몸 파는 남자들이 있는 호스트바를 단속하려면 룸살롱으로 통하는 여성접대부들도 단속을 해야 할 것이다. 남자들만 사회생활하는 것도 아니고, 남자들만 여자를 끼고 술마시고 스트레스나 성적 욕구를 해소하고픈 것은 아니다.

 왜 유독, 유별나게 여성전용 술집으로 표현되는 호스트바만 단속하려 하는지 모르겠다. 행정당국에 계신 분들께선 분명 '우리네 사회 관습상 어쩌고 저쩌고…'하는식의 냉장고 이야기를 꺼내면 보일러 이야기할 게 뻔하다. 이왕 단속하고 사회정화를 외친다면 남녀 성차별없이 강력한 단속으로 깨끗한 음주문화 정착을 이루던지, 아니면 다들 비위 꼴리게 살도록 내 버려두자. 이왕 망가지는 것 천천히 망가지나 빠르게 망가지나 같은 건 아닌가.

 또한 한국사회내에는 술집이 너무나 많다. 대폿집 단란주점 호프집 방석집 룸살롱 나이트클럽 카페 등등 그 종류나 숫자가 이루 헤아릴 수 없을 만큼 많다. 이 술집들은 하루의 일과를 마치고 집으로 곧장 향하고픈 사람들의 소망과 결심에 시비를 걸어온다. 그리고 대다수의 사람들이 그 시비에 꼬리를 내리고 '오늘만 딱!'이란 이유 같지 않은 이유를 들며 간덩이에게 무거운 짐을 들어주기 위하여 술집문을 들어서게 된다.

 나도 한국에서 생활할 때 지난 밤의 술기운으로 인하여 그 다음날은 일찍 집으로 가자고 생각을 하지만 퇴근길에 늘어선, 시야에 들어오는 거의 모든 간판이 술집과 관련된 것들이기에, 그리고 이 세상 그 어느 나라에도 없는 직종중에 하나가 바로 한국사회내 유흥업소대학 삐끼과 출신들의 피나는 세일즈 덕분에라도 또 다시 술을 마셨던 기억이 난다.

비단 나만의 경험이 아니라 한국성인 남자라면 나와 유사한 경험을 가지고 있는 사람들이 많을 것이라 믿는다. 잦은 음주로 인해 우리의 간덩이는 언제나, 학창시절 체력장의 한종목인 오래달리기를 마친 후의 모습처럼 '헉, 헉'거리며 우리의 건강을 헤치며, 잦은 음주로 인해 개개인의 가계뿐만 아니라 나아가 나라경제에 미치는 영향 또한 심히 크리라 생각한다.

　이는 더불어 음주운전을 낳게 되고, 음주운전은 운전자 자신뿐만 아니라, 또 다시 엉뚱한 제삼의 피해자를 낳게 만드는 결과를 초래한다. 나는 주량이 얼마되지 않지만 친한 친구 둘을 잃고 나서부터는 술을 많이 절제하게 되었다.

　학창시절부터 알고 지냈던 불알친구 두명이 음주운전으로 20대의 꽃다운 나이에 인생이란 마라톤의 반환점도 돌아보지 못하고 이 세상을 떠나는 모습을 지켜보며 내 자신의 인생관에 많은 영향을 주었던 기억들이 있다. 그래서 지금도 술을 많이 마시고픈 충동이 일 때면 나보다 먼저 간 죽마고우 둘을 생각하며 나 자신을 절제하게 된다.

　미국이란 나라에 와서 생활을 하다 보니 내 생활에 많은 변화가 생겼고, 그중에 하나가 술마시는 횟수와 술마시는 방법이다. 이 나라는 땅덩이도 넓고, 사람들도 대륙적인 기질이 있어서 외형상 여유있게 보이기도 하겠지만, 그들의 생활모습이 밖에서 보기보단 바쁘게 돌아간다.

　미국인들의 가정적인 생활습관 때문에 밤거리의 모습이 한국의 우리네 것과 비교하면 참으로 을씨년스럽기 짝이 없다. NINE TO FIVE로 표현되는 하루의 일과를 마치고 퇴근 후 잠깐의 교통의 혼잡함, 그리고 저녁식단을 준비하기 위한 식품점의 혼잡이 끝나면 미국 대부분의 도시는 하루의 막을 내린다. 크리스마스도 아닌데 '고요한 밤'이 되어 버린다.

나는 공인중개사란 직업으로 먹고 살기에 모텔이나 호텔의 거래 관계로, 비단 이곳 시애틀 워싱턴주뿐만이 아니라 다른 주로의 출장이 잦다. 하지만 어느 도시를 가보더라도 저녁시간, 석양의 노을이 지고 나면 미국의 모든 밤거리는 참으로 비슷하다. 한마디로 표현하면 을씨년스럽다.

한국의 휘황찬란한 네온사인과 인파의 북적거림에 비하면 이곳 미국의 밤거리는 죽은 도시처럼 너무나 조용하다.(라스베이거스는 제외) 그리고 술집 어디를 가보더라도 한국처럼 황진이의 뒤를 잇고자 하는 기생들의 모습, 술집여성들의 모습은 없다. 술을 날라다 주는 웨이츄레스나 술을 만드는 바텐더등은 간혹 여성들이 있기는 하지만 한국처럼 손님의 자리에 동승해 웃음을 팔고, 때로는 몸을 파는 술집여성들은 없다는 이야기이다. 호스트바도 전혀 없다.

미국인들은 바쁜 주중의 일과와 가정적인 라이프스타일이 빚어낸 조화인지, 여럿이 어우러져 술집을 돌아다니며 고시시험이나 대기업 입사시험 보듯 1차·2차·3차를 외치는 주당들도 찾아보기 힘들다. 이곳 미국은 주말이 시작되는 금요일과 주말의 절정기인 토요일을 제외하고는 술집 장사가 잘되는 곳도 역시 찾아보기 힘들다.

사회분위기가 이렇다 보니 '사람은 환경에 지배를 받는다'는 누구의 말처럼 미국에 이민온 많은 교포들도 술을 덜 마시게 되고 가정적이 되어 간다. 또한 미국은 한국 사람들처럼 술집에서 이루어지는 비지니스는 전후무후하다고 나는 왕서방 짜장볶듯 자신있게 이야기하고 싶다.

물론 대인관계를 위해 간혹 거래처 사람들과 술을 마시긴 해도 술집에서 향응을 제공하며 자격도 안되고 말도 안되는 거래가 술집의 어두운 조명만큼이나 검은 색으로 이루어지진 않는다.

한국술집이나 나이트클럽 등에 가면 기본이라는 것이 있다. 내가 한참 한국에서 놀 때는 맥주 세병에 오징어 한마리였는데 지금은 어떤지 모르겠다. 유흥업소, 특히 술집경영의 부흥을 위해 어느 짱구가 만들어낸 수법일 것이다. 그리고 어느 술집을 가더라도 안주를 시키게 되는 것이 우리네 현주소이다. 만약 안주를 안시키게 되면 짬뽕을 시켰는데 짜장면이 나온 것 처럼 이상하게 쳐다본다. 짜릿한 눈빛과 함께 말이다. 바로 쓸데없는 낭비의 시작인 것이다.

미국아이들 술마시는 방법이나 술집의 영업방법을 보자. 안주라는 것은 기본이 아니라 선택사항이다. 자동차를 살 때 따라오는 옵션처럼 먹고 싶은 사람만 시키면 된다. 안 시킨다고 눈치를 받지도 싫은 소리를 듣지도 않는다. 이렇듯 안주의 부담이 없고 한국처럼 술 시중드는 여자 있는 술집이 없다 보니 술값으로 낭비되는 금전적인 손실도 자연 한국보다 줄어들게 되며 건전한 음주문화가 성립되게 된다.

또한 미국인들은 한국사람들처럼 1차·2차·3차를 외치며 다량의 음주로 간덩이를 혹사시키는 부류도 그리 많지 않다. 미국말로 'BAR FLY'라는 말이 있다. 젊은 아이들이 철새처럼 술집을 옮겨다니는 것을 빗대어 쓰는 은어이다. 하지만 우리네 1차·2차로 이어지는 음주문화와는 거리가 있는 이야기이다.

자신들의 분위기나 마음에 드는 술집을 찾기 위해 돌아다니는 것이지, 부어라 마셔라 하며 과음을 위해 돌아다니는 것이 아니다. 물론 미국에도 알코할릭으로 표현되는 주당들, 술주정뱅이들이 있지만 그들 대부분은 거리의 부랑아나 거지들 또는 사회의 어두운 곳의 사람들로 극히 일부이다. 나는 대다수의 보통 사람들을 빗대어 이야기하고 있는 것이다.

환율의 폭등과 IMF로 불리는 경제 신탁통치의 장이 열리던 97년 연말과 올 98년초 강남 유흥가와 한국 대다수의 술집들이 파리를 날리며 유흥업소 전체가 얼어붙었다는 신문기사와 한국의 친구들로부터 그 이야기를 전해 들었다. 그런데 요즘은 또 다시 부어라 마셔라로 되돌아간다는 이야기가 들려온다. 왜들 그러는지 IMF가 끝난 것도 아닌데… 아니, 비단 IMF가 끝났다 해도 우리네 사회의 음주문화는 꼭, 반드시 정화되어야 된다고 나는 소리질러 외치고 싶다.

술을 마시되 적당히 마시고 퇴폐적인 공간을 멀리, 아니 뿌리를 뽑아 버려야 된다. 퇴폐적인 술집을 찾아다니는 사람 적발시에는 지역신문에 사진과 더불어 명단을 발표하고 자신의 딸이나 동생같은 사람들과 술을 마시게 하여 정신을 아주 쏙 차리게끔 만들어야한다.

음주운전 처벌도 미국처럼 무조건 걸리면 비싼 벌금과 알콜교육학교에 보내서 정신을 차리게 하고 또다시 음주운전을 하면 면허 취소는 물론 차량 압수 등 강경책을 써서라도 음주운전으로 인하여 엉뚱한 피해자가 나오지 않게끔 강력한 행정 조치도 이루어져야한다. 입으로만 세계화와 IMF 조기탈출을 외칠 것이 아니라 이번 기회에 우리사회에 만연되어 있는 썩은 곳을 도려내 버려야 된다.

구태의연한 사고방식, 냉장고 이야기하면 보일러 이야기하듯 구렁이 담 넘어가는 식의 대강 뭉개려는 사회의식 구조를 살을 깎는듯한 노력이 뒤따르지 않는 한 IMF 조기탈출과 선진국 실현은 언제나 남의 집 이야기로만 영원히 머물고 말 것이다.

미국 가정은 마누라 천국

　지금으로부터 한 십여 년전 모방송국의 TV드라마 중 '사랑이 뭐길래'란 프로가 있었다. 주말 저녁 수많은 시청자들로 하여금 하던 일을 멈추고 TV앞에 모여들게 했던 빵집 주인만큼이나 시청률 빵빵한 장안의 화제였던 드라마였다. 나 역시 그 드라마를 한번도 놓치지 않고 즐기던 시청자였는데 지금 기억을 더듬어봐도 왕 재미있었던 드라마였다.

　얼마나 재미있었으면 어느 토요일 날 친구를 만나러 후배 한녀석과 운전을 하며 수원으로 내려가던 중 시계를 보니 '사랑이 뭐길래'가 방영될 시간이었다. 약속은 뒷전으로 밀어놓은 채, 차를 세우고 근처의 다방에 들어가 미스김(그당시 꽃마차다방레지)과 나란히 앉아 함께 그 드라마를 보고 난 후 다시 약속장소로 향했던 기억이 있다.

　국회의원을 지냈던 이순재씨와 국민적 배우이자 한국의 어머니 같은 배우 김혜자씨 그리고 터프가이의 대명사격인 최민수씨, 지금은 최수종씨의 아내가 되어 버린 하희라씨 등 당대 최고의 배우들이 열연해 그당시 최고의 시청률을 기록했던 정말 재미있었던 드라마였다.

　완고한 대발이 아버지역으로 열연했던 이순재씨 그리고 이순재씨의 숨소리에도 경기를 일으켰던 대발이 어머니 김혜자씨의 연기가 많은 사람들로 하여금 드라마가 끝난 후, 떨어진 배꼽을 찾느라 정신없게 만들었었다.

개인적인 생각이지만 이 드라마가 공존의 히트를 기록할 수 있었던 이유는 남존여비사상이 아직도 사회 이곳 저곳에 깔려 있는 우리 현실에 이순재라는 배우를 통해 갈수록 힘을 잃어가는 남자들이 '나도 저렇게 될 수 있었으면'하는 공감대를 빚어냈고, 하희라라는 신세대 젊은 여성을 등장시켜 아버지세대에는 그랬을지 몰라도 우리세대에는 감히 말도 안된다며 당차게, 남편에게 수직이 아닌, 수평관계를 그려내는 모습이 5천년 역사도 모자라 아직도 사회 곳곳에서 부당한 대우, 단지 그대가 여성이라는 이유로 고생하는 여자들의 답답하고 가려운 곳을 시원하게 긁어준, 평범한 소재를 재미있게 희극화했던 게 시청률을 최고로 빵빵하게 만들 수 있었던 이유가 아닐까 생각한다.

한국의 여인들처럼 불쌍했던 여인들의 역사가 지구 그 어느 나라에도 없으리라 나는 감히 이야기하고 싶다. 미국에 살고 있어도 나는 엽전이자 김치이다. 몇년의 미국생활을 통해 건방을 떨고자 하는 것도 아니고, 그렇다고 국회의원에 출마해서 여성들의 표를 얻고자 이런 이야기를 하는 건 더더욱 아니다. 내가 한국남자로 태어나 지금껏 살아오며 내가 보고 경험했던 느낌을 나의 생각을 통해 나의 의견을 아무런 사심없이 세상에 이야기하고자 하는 것이다.

나도 남자이고, 유교적 사상이 아직도 사회 곳곳에 깔려 있는 한국에서 태어나 거기서 성장기를 마쳤던 사람이기에 나도 모르게 나의 뇌리에는(좋은 두뇌는 절대 아님. 용량이 극히 작음)남존여비사상이 조금은 깔려있다. 남자는 하늘, 여자는 땅이라는 개

같은 생각이 말이다.

미8군에서 직장생활을 하면서 이런 나의 생각들이 잘못되었고 우리나라 안에서 내가 보고 경험했던 것들이 다인 줄 알았던 우물안 개구리식의 나의 사고방식에 금이 가기 시작한 것이다. 정말이지 미국인들을 대표주자로 하여 서양사람들은 여자를 동등한 인간으로 대우해 줄줄 아는 그런 사람들이다.

한국에서 알고 지내던 선배 한분이 있었다. 이 선배집에 놀러 가면 나도 저렇게 할 수 있을까? 하는 부러움과 너무 한다라는 생각이 항상 나의 뇌리에서 육박전을 벌였었다.

방에 누운 이 선배가 손가락을 V자로 펴들면 형수는 벌써 담배 한가치를 가지고 와서 불을 댕긴다. 그리고 하루종일 선배가 물어보는 이야기 이외에는 한마디도 안하는 정말로 그 옛날 조선시대 여인처럼 '당신 마음대로 하시옵소서'의 전형적인 여성이었다.

이 선배같은 경우는 물론 도를 지나친 극히 드문 희귀동물 또는 천연기념물 같은 존재이지만 아직도 나를 비롯한 30대 이전 세대들은 여자들위에 군림하려는 좋지 못한 생각 또는 성장기에 부모님 세대로 하여금 그런 것이 당연하듯이 알게 모르게 배우며 자란 세대인지라 자신들도 모르게 남존여비사상이 배어 있다 해도 과언이 아닐 것이다.

물론 지금은 세상이 많이 바뀌어서 신세대들과 젊은 세대들은 사상이나 이념이 바뀌었지만 그래도 알게 모르게 사회 구석구석에는 남자는 배, 여자는 항구가 아닌 남자는 하늘, 여자는 땅이라는 그릇된 생각들이 불행하게도 많이 남아 있는 것 같다.

미8군에서 직장생활을 시작하며 한 미국인 친구를 사귀어 그 친구집에 거의 매일 들락날락거리며 살았었다. 영어를 배우면서 우정도 돈독히 쌓으며 말이다. 그 친구의 아버지는 직업군인이었는데, 한국식 사고방식으로 직업군인 같으면 집에서 엄하고 절도 있게 행동하려 한다는 것이 표준 정답일 것이다.

하지만 내가 지켜본 그 친구의 아버지, 그리고 미국에서 알고 지내는 많은 미국인 친구들의 집을 다녀봐도 부부간의 관계라는 것이 여자위에 군림하려는 수직관계가 아니라 서로 돕고 사랑하는 수평관계의 부부관계를 미국인들은 유지한다는 사실이다.

부인이 식탁을 준비하면 남편은 설거지를 맡아 할 뿐 아니라 아이들 기저귀 갈기와 목욕도 남자가 하며 집안청소와 빨래 등 기타 가사는 그때 그때 공평하게 나누어서 처리하며 살아가는 그들의 부부관을 지켜보면서 한국식 사고방식으로 성장한 나도 '남자가 불알달고 저게 뭐여!' 하는 생각이 들기 전에 '참 아름답다' 나도 나중에 저렇게 해야지 하는 마음이 저절로 들었었다.

미국에서 생활하며 고향의 냄새를 맡기 위해 가끔 한국방송 비디오테이프를 빌려다 본다. 그중에서 내가 제일 즐겨 보는 프로인 '경찰청 사람들'을 시청하는데 한번은 불륜현장을 사진에 담아 그것을 미끼로 돈을 뜯어내는 범죄를 다룬 내용이 있었다.

남자가 여자를 위해서 자동차문을 열어주자 불륜현장을 잡기 위해 기다리던 범인 중 한사람이 이야기하기를 '떳다! 먹이감' 그러자 옆에 있던 공범이 '어떻게 알어?' 하고 반문하자 그 사람이 하는 말이 '우리나라 남자 중에 여자를 위해서 자동차문을 열어주는 것은 처음 차를 구입할 때 외에는 전혀 없기 때문에 저들은 분명 불륜관계야' 라는 대사를 하는 것을 보고 한참 웃었던 기억이 난다. 모르긴 몰라도 한국남성들 중에 자기 부인을 위해 외출시 또는 동행시 자동차문을 열어주는 자상한 남자는 열에 한둘 정도도 안될 것이다.

미국 또는 서양남자들, 쉽게 코큰 놈들의 경우를 보자. 10년 또는 20년 넘게 부부생활, 결혼생활을 했어도 여자를 위해서 외투를 받아주고 외출시 자동차문을 열어주며 쇼핑시 물건을 들어주는 그리고 비단 자기 여자뿐만 아니라 모르는 여성을 위해서도 입구의 문을 열어줄 줄 아는 매너, 식당에서는 의자를 앉기 편하게 뒤에서 밀어주는 매너 등 약한 여성을 위해 배려하는 그들의 매너는 우리도 배워야 된다고 생각한다.

기성세대, 아버지세대는 이미 늦었다 하더라도 젊은 세대들이 앞장 서서 수평적인 부부관계를 형성하며 여성들을 위해 배려하는 자세를 보일 때 자라나는 후손들은 당연히 그런 모습을 배우게 될 것이다.

5천년 무구한 역사속에 남편이 첩을 데리고 집에 들어와도 큰소리 한번 못내고 살았던 우리네 여성들, 남편을 사별했는데도 외간 남자를 만나면 멍석말이 또는 돌팔매질로 생을 마감했던 우리네 여성들, 아들을 낳지 못하면 평생을 죄인처럼 숨소리 죽이며 살았던 우리네 여성들, 불쌍히 살다간 먼옛날 우리네 여성들을 위하여 그리고 지금 이 순간에도 사회 곳곳에서 단지 여라라는 이유 만으로 부당한 대우를 당하는 여성들을 위하여 그들을 동등하게 대우해 주며 가정에서도 부부관계를 수직이 아닌 수평관계로 만들어 가는 남자들의 노력이 있을 때 남녀평등의 사회가 확립되고 더 살기 좋은 사회가 되지 않을까? 생각한다.

밑천없이 생색내는 칭찬문화

　우리보다 먼저 돌아가신 양반들이 남기고 간 이야기중에 '말 한 마디로 천냥 빚을 갚는다'라는 이야기가 있다. 진짜로 말 한 마디로 천냥 빚을 갚은 사람이 있었는지 나는 모르겠다. 아마 아무도 없을 것이다.(구백 냥 정도면 몰라도…)

　나는 누가 내 돈, 단돈 천 원을 꾸어가서 말을 잘한다 해도 말은 말이고, 돈은 돈이기에 꼭 받을 것이다. 안주면 한석규란 배우를 일약 스타덤에 올려놓았던 TV드라마 '서울의 달'에서 최민식처럼 빚쟁이 집 안방에 들어가 홀라당 벗고 누워서라도 내 돈을 받아낼 것이다.

　좌우지간 돈 안들이고 누구나 태어날 때부터 달고나온 입으로 하는 말이란 추가설명을 하지 않아도 우리가 한세상을 살아가면서 우리네 인생에 수많은 영향을 끼치는 것은 부정할 수 없는 사실이다.

　개인적인 이야기지만 어린 시절에 '발없는 말이 천리 간다'는 속담을 들었을 때 창작력이 풍부한 나는 발대신 날개가 달린 말이 있는 줄 알았다. 나는 지금도 가끔 무료한 시간이나 또는 약속시간을 기다리며 공상을 잘한다. 어린 시절에도 공상을 많이 했던 것 같다. 어쨌든 신은 누구에게나 입을 달아주셨다. 그것도 공평하게 누구나 한개씩만을…. 입이 하는 기능도 참으로 많다.

우선 인간의 기본 욕구인 식욕을 채우기 위해 하루 세 번 누구는 네 번 다섯번 이상 밥을 먹는데 쓰인다. 비단 밥만이 아니라, 햄버거·스테이크·족발·순대 등 말이다.(먹는 이야길 하니 정말이지, 한국의 토속적인 음식들인 족발과 곱창볶음 등이 무지하게 나를 부르는 것 같다) 먹는 기능외에도 내가 가장 좋아하는, 그리고 언제나 하고 싶은 이성간의 사랑의 표현을 위해서도 입은 사용된다. 입이 하는 기능 중 가장 많은 그리고 가장 빈번히 쓰이는 곳은 역시 '말'이 아닐까 생각된다.

나는 무언가 실험하는 걸 좋아하는데 언젠가는 과연 내가 하루에 몇마디나 이빨을 까고 사는지 궁금해 하다 직접 세어보기로 했었다. 반나절쯤 세었을까? 그만 다른 사람과 이야기를 하다가 공들여 세었던 숫자를 잊어버리고 말았다. 바꾸어 말하면 우리 인간들은 하루에도 수많은 이야기를 끊임없이 해나간다는 이야기일 것이다. 말 한마디로 천냥 빚을 갚은 사람이 있는지 나는 정말 모르겠다.(며느리도 모를 것이다) 하지만 확실한 것은 말하는데 돈은 안든다는 것이다.

요즘 같은 불경기, 특히나 IMF란 경제 식민지시대에 돈 안드는 일이 있다면 누구나 눈과 귀가 번쩍 뜨일 것이다. 바로, 말하는 게 가장 대표적인 돈 안들이고 하는 일중에 하나일 것이다. 미국 사람으로 대표되는 서양사람들을 항상 TV화면을 통해서만 보다가 19세의 어린 나이에 조국에 한 봉사하겠다는 기특한 마음으로 서울올림픽 자원봉사를 통해 수많은 외국인들을 만나게 되었고, 그것으로 영어공부도, 미8군 직장도 구할 수 있게 되었다. 그 모든 것들이 밑거름이 되어서 오늘날 이렇게 미국에 와서 컴퓨터로 원고를 쓰며 이빨을 깔 수 있게 되었다. 그들을 접하면서 오늘날까지 항상 느끼는 것중에 하나가 이 코큰 놈들은 신이 누구나 공평하게 한개씩만 달아준 입으로 돈 안들이고 참으로 서로에게 기분좋게 다정하고 친절하게 이야기하는 기술들을 가지고 있는 것 같다.

무슨 이야기인즉 하니, 이 놈들은 틈만 나면 '고맙다' '미안하다' '실례했다'라는 이야기를 한다. 내가 볼 땐 하나도 멋있지도 않은데 누가 못보던 옷이나 그 무엇을 가지고 있으면 잘 어울린다, 멋있다, 근사하다라는 칭찬을 참으로 잘한다. 고맙다, 미안하다, 실례했다라는 표현들을 나도 들어봤지만 이 세상 그 누구도 상대방으로부터 칭찬을 받았을 때 기분 나빠하는 사람은 없을 것이다.

물론 나보고 송승헌을 닮았네, 롱다리니 하면 나는 기분이 좋아도 송승헌의 팬클럽 회원들은 난리가 날 것이다. 우리네 사회에서 상대방을 칭찬하는 경우 서로 자기 자신에게 물어보자. 하루를 살면서 상대방을 위해서 칭찬을 몇번이나 했는지, 고맙다는 표현, 미안하다는 표현, 그리고 버스나 지하철내에서 몸이 부딪치거나 상대의 발을 밟았을 때 실례했다라는 표현을 몇번이나 했는지 말이다.

미8군내에서 직장생활을 하면서 놀기 좋아하는 나의 성격상 미국친구들과 한국의 이곳 저곳을 엄청 싸돌아다닌 시절이 있었다.

땅이 작은 한국의 특성상 공공장소나 교통을 이용하면서 사람들과 부딪치는 경우가 많다. 그럴때면 나의 미국친구들의 입에선 한결같이 미안하다, 실례했다라는 이야기가 훈련 잘받은 강아지처럼 입에서 자연스럽게 튀어나온다. 그러면서 매일매일 부딪치며 살아가는 한국 사람들은… 하는 여운을 남겼었던 기억이 난다.

정말이지 나부터도 남을 칭찬하는 일이 드물다. 무엇인가 손해

보는 것 같고 괜히 자존심 상하는 것 같기도 하고 말이다. 하지만 신이 누구에게나 공평하게 달아주신 입으로 타인을 기분좋게 할 수 있다면, 서로에게 조그마한 일이지만 고맙다라는 표현을 자주 사용하며 서로에게 미안하다라고 먼저 사과할 줄 안다면, 힘든 인생의 여정이 조금은 밝아지지 않을까 생각해 본다.

고마움과 미안함을 잘 표현하고 그리고 남을 칭찬할 줄 아는 문화가 확립된다면 우리에게 입을 공평하게 달아주신 신도 흐뭇해 하실 것이며, 우리네 사회도 조금은 더 밝아지지 않을까? 저의 책을 읽어주셔서 감사합니다.(거봐, 네가 고맙다고 하니까 책읽는 보람이 생기잖아……)

상류가정 아이들도 용돈을 벌어 쓴다

우리나라에서 청소년들이 방과 후 혹은 방학기간을 이용해 아르바이트를 한다고 하면 열에 아홉의 학부형들은 '자다가 무슨 봉창 뜯는 소리냐'며 어림 반푼어치도 없는 이야기 하지 말고 그럴 시간 있으면 영어단어 혹은 수학문제나 하나 더 풀라고 하던지, 아니면 그런 이야기는 말 타고 서부에 가서나 하라며 원천봉쇄를 시킬 것이다.

얼마전 미국신문 중 하나인 'USA TODAY' 지에 실린 미국 청소년들의 근로시간 통계는 참으로 우리 사회와는 대조적이었다. 미국 10대들 12~17세 청소년의 22%가 주중 풀타임(FULL TIME, 주당 40시간을 가리킴), 또는 파트타임 (PART TIME, 주당 40시간 미만을 가리킴)으로 학업과 일을 병행하며, 17세이상의 청소년들은 78%이상이 풀타임 또는 파트타임으로 학업과 일을 병행한다고 한다.

우리나라의 리틀야구 또는 다른 청소년 운동은 세계 수준급의 실력이다. 그러나 성인이 되면 세계의 벽을 실감하며 그것을 뛰어넘기 힘들게 된다. 얼마전 한국신문에서 한국의 청소년들이 세계 수학경시대회에서 좋은 결과를 얻은 것을 보며 대조적으로 미국의 청소년들은 또 다시 하위권에 속한 기사를 접하고는 팔불출처럼 주위의 미국친구나 동료들에게 자랑삼아 이야기하였지만 그들은 아무런 걱정도, 그리고 대수롭지 않다며 이렇게 이야기하였다.

청소년기의 미국아이들이 두각을 나타내지 못하지만 그러나 항상 상위권에 속하는 아시아권의 청소년들이 먼훗날 미국으로 첨단 과학, 또는 컴퓨터분야를 배우러 온다며 대수롭지 않게 당당히 이야기하는 그들앞에 나는 더 이상 할말을 찾지 못하고 말았었다.

우리나라의 교육현장에서 원하는 것은 누구나 공부만 잘하길 바라는, 진정한 교육의 참모습인 전인교육이 아닌, 오로지 입시만을 위한 주입식 교육, 개개인의 개성과 인격은 무시한 채 길거리 붕어빵처럼 똑같이 찍어 내려만 한다.

그러다 보니 아무런 인생경험, 사회경험은 하지 않은 채 오로지 공부만 한 사람들이 사회의 지도층이 되어선 권위주의를 만들어 내고 사회 계층간의 위화감을 조성하며 공부 못한, 그래서 소위 말하는 신성한 노동을 하는 사람들을 우습게 보는 비뚤어진 사회가 되지 않나? 하는 생각을 조심스럽게 해본다.

더불어 이러한 교육현장의 대대적인 대청소가 이루어지지 않는다면 나의 사랑하는 조국 대한민국에선 언제나 비뚤어진 교육 현장이 지속되며 그 교육을 받아 성장하게 되는 또 다른 기성세대들의 출현과 구태의연한 좋지 못한 사회 관습이 되풀이되리라 감히 장담할 수 있다.

인간의 외형이 똑같은 사람이 없듯이 적성이나 가치관도 다 각양각색이다. 그리고 개개인에게 주어진 특기도 다르다. 누구는 공부를 잘해서 이 사회를 이끌어가는 엘리트가 될 수도 있고, 누구는 사회를 움직이는 신성한 노동의 선구자가 될 수도 있는 것이다. 청소년기의 아르바이트는 일찍이 사회경험을 통해 자신이 무엇을 위해 공부를 해야 하는가의 원초적인 이유를 발견할 수도 있고, 돈의 귀중함을 느낄 수도 있게 된다. 또한 다양한 경험을 통하여 미처 알지 못한 자신의 적성이나 특기를 발견하는 귀중한 계기가 될 수도 있으며, 공부에 취미가 없고 능력이 안되는 아이들은 일찍 사회를 경험하여 공부 이외에 또 다른 모습으로 자신의 인생 항로를 결정함으로써 무조건 대학을 가고자 불필요한 교육비를 낭비하지도 않으며, 부모나 본인 자신의 쓸데없는 시간과 정력의 낭비를 미연에 방지할 수도 있을 것이다.

더욱 중요한 것은 학창시절 아르바이트를 하며 경험한 사회상을 통하여 훗날 기성세대가 되어 자신들이 함께 호흡하며 살아가는 사회의 문제점이나 계층간의 아픔과 상처를 이해함으로써 좀더 살기좋은 사회를 만들 수 있는 동기부여도 될 수 있을 것이다.

온실속의 화초처럼 전폭적인 부모의 뒷바라지로 이 사회의 어둡고 힘든 모습은 전혀 경험하지 않은 채 공부만 해서 사회 지도층이 된 사람들이 이 사회를 항상 지배한다면 현실과는 동떨어진 정치나 행정이 언제나 비뚤어진 사회상을 빚어내고 말 것이다.

주위에 가깝게 지내는 동생들이 여럿 있다. 대개 중학교 3학년 또는 고등학교 1학년때 미국으로 이민을 왔다. 감수성 예민한 청소년기에 남의 나라말 배우기도 힘들었을 텐데 이 친구들은 말도 안 통하는 이민 초창기시절부터 파트타임으로 식당에서 그릇 닦기 또는 웨이터 등을 하며 공부와 일을 병행했지만 다들 주립대학을 우수한 성적으로 졸업하여, 지금은 사회의 구성원이 되어 자랑스런 한국인의 모습으로 미국사회에서 우뚝 선 모습이 참으로 보기좋고 흐믓하다.

오랜 시간 우정을 쌓아가는 미국친구들 중에 대학 교수나 의사,

변호사 등 한국사회에서 선망의 대상이 된 직업을 가진 친구들도 학창시절 신문배달이나 접시닦기, 잔디깎기 등 아르바이트를 통해 사회경험과 돈의 중요성을 배웠으며 성장기에 공부 외에 또다른 경험으로 이웃의 고통을 이해하며 더불어 사는 공동체 의식을 배웠다는 그들의 이야기를 들으면서 많은 것을 공감하고 느꼈던 기억이 있다.

가끔 교민사회에서 유학생들을 종종 보게 된다. 모두가 그렇진 않지만 대다수가 한국의 잘못된 교육현장 속에서 온실 속의 화초처럼 자라 부모가 보내주는 돈으로 공부만 하는 것도 힘들어 하는 모습을 바라보며 무엇이 진정한 교육인가를 새삼 느끼게 된다.

나도 이제는 30대에 접어들며 '인생은 길고도 긴 마라톤이다'라는 말의 참뜻을 이해하게 되었다. 공부만 잘한다고 그 사람의 인생이 한국은행에서 발행하는 보증수표처럼 탄탄 대로를 걷는 것도 아니고, 공부를 못했다고 그 사람의 인생이 학창시절에 매겨진 등수만큼 언제나 뒤쳐진 인생을 걷게 되는 것도 아니다.

수학경시대회에서 항상 상위권을 차지하는 우리나라 청소년들, 하지만 그들이 훗날 미국으로 유학을 오는 모습, 리틀 야구를 비롯해 청소년 운동 선수들이 항상 좋은 성적을 발휘하지만 성인이 되어선 세계의 높은 벽 앞에 무참히 무너지는 모습을 다시 한번 상기하며 진정한 교육이란 무엇인가? 그리고 토끼와 거북이의 경주 이야기를 교육계 종사자나 학부모, 그리고 사회 구성원인 우리모두 곰곰이 곱씹어 볼 필요가 있을 것이다.

청소년을 보호하자

　루소라는 사람은 '청소년기는 제2의 탄생'이라 말했다. 그리고 청소년기를 가리켜 흔히들 '질풍노도'의 시기라고도 한다. 그만큼 감수성이 예민하며 세상 사물에 대한 호기심도 많고, 메뚜기처럼 언제 어디로 뛸지 모르는 무한한 잠재력을 가졌기 때문이다.

　내 나이 삼십줄에 접어들었건만 나는 아직도 미국에서 술을 마시거나, 아니 술을 안마셔도 술집에 출입할 때나 담배를 살 때 신분증을 보여달라는 요청을 받는다. 때로는 짜증도 나고 사람 피곤하게 만들어서 기분도 나쁘지만 원리원칙을 고수하며 청소년들을 유해환경으로부터 보호하고자 할 수 있는 최대한의 노력을 하는 미국인의 사회가 그리 밉지는 않다.

　얼마전 '일요일 일요일 밤에—이경규가 간다'코너에서 보여주었던 청소년 유해환경 모습은 나의 청소년기에나 지금이나 크게 바뀐 점이 없어서 많이 아쉬었던 기억이 아직도 남아 있다.

　옛날 기억을 세탁기 탈수하듯 꽉 쥐어짜 봐도 청소년기·사춘기 때에는 하루 빨리 어른이 되고 싶은 생각에 어른들의 흉내를 내게 된다. 이때 가장 손쉬운 것이 바로 흡연과 음주이다. 나 역시 학창시절부터 시작된 흡연과 음주가 지금껏 이어져 오고 있지만, 이미 성인이 된 사람들중에도 많은 사람들이 청소년기에 한

두번쯤의 흡연과 음주의 경험이 있을 것이다.

친구의 꼬임에 빠져서 또는 스스로의 호기심에 이끌려, 아니면 수학여행이나 소풍 등에서 군중심리에 휩쓸려서 보낸 성장기의 중요한 단계인 청소년기의 많은 경험과 사고는 분명 성인이 되어서 인생이란 망망 대해를 헤쳐나갈 때 좋은 나침반 역할을 할 것이다. 한두번 쯤의 흡연과 음주도 포함해서 말이다.

하지만 기성세대들이 눈앞의 이익과 상술에 눈이 멀어 청소년들의 유해물질과 유해환경을 방치해 놓아 그것들이 한두 번 호기심의 단계를 넘어 중독에 가깝도록 발전한다면 그것은 분명 크나큰 사회문제임에 틀림없을 것이다.

교육이 한나라의 미래를 좌지우지할 무형의 투자라면 청소년들은 그 투자의 대상물인 '땅'이라 생각한다. 땅이 썩어 들어가는데 아무리 좋은 투자를 한들 무슨 소용이 있을 것인가? 내 자식은 애지중지 키우려 하면서 남의 자식들은 고스톱판의 피 한장보다도 우습게 여기며 술·담배 등을 의식없이 팔아 우리나라의 미래를 짊어질 청소년들의 건강과 정신공간을 해치는 상업에 종사하는 몰지각한 성인들의 각성을 촉구하며 말을 안들을 때는 강력한 행정조치를 취해 뿌리 뽑아 버려야 한다고 생각한다.

이곳 미국에선 편의점뿐만 아니라, 술과 담배를 취급하는 어느 곳이든지 청소년 또는 나이어린 미성년에게 술과 담배를 판매하다 적발되면 강력한 행정조치를 받게 된다. 1차 적발시에는 벌금, 2차 적발시에는 벌금과 영업정지 그리고 3차 적발시에는 아예 술과 담배를 취급하는 면허를 박탈하며, 그 사람은 앞으로 살아 생전에 술과 담배를 판매하는 업종과는 안녕을 하게 된다.

미국이란 나라가 '이경규가 간다' 코너를 통해 잠깐 보았듯이 준법정신이 강한 것은 선진국 국민다운 사회 정서도 있겠지만 강력한 행정조치가 있기에 그러한 준법정신이 생길 수 있었던 것 같다. 물론 나처럼 이곳 미국에 살면서도 한국에서의 운전스타일을 그대로 유지하며 돈을 내 주머니로, 쓰레기는 길거리로를 훌륭히 지키는 애국자(?)도 있지만 말이다.

갈수록 흡연과 음주의 연령이 낮아진다고 한다. 심지어 초등학교 학생들마저도 상습 흡연자가 있다고 하니 크나 큰 문제가 아니라 할 수 없다. 성장기 또는 청소년기에 흡연과 음주를 한다고 그 사람의 장래가 불행해진다고 또는 흡연과 음주를 한다고 모두가 비행 청소년이라고는 할 수 없을 것이다. 분명한 것은 흡연과 음주를 할 사람은 어떠한 방법을 써서라도 하게 된다.

하지만 돈에 눈이 멀어버린 일부 몰지각한 기성세대들의 그릇된 상술로 인하여 한두 번의 호기심으로 그치고 말 흡연과 음주가 상습성이 되어버려 그로 인한 학생 본연의 임무인 공부를 등한시해 사회적으로 이야기하는 비행 청소년이 될 수도 있다는 사실을 모든 기성세대들은 숙지해야 할 것이다.

성장기의 모든 청소년들을 술과 담배, 또는 유해환경으로부터 완전히 보호할 수는 없을 것이지만 적어도 최소한의 노력은 하자는 이야기를 하고 싶다.

개인적인 이야기지만 고등학교시절 동네에 있는 사립도서관 근처에서 미국의 전설적인 배우 제임스 딘의 흉내를 멋들어지게 낸답시고 담배를 피우다 동네 평화와 안녕을 유지키 위해 야간방범을 도는 경찰관아저씨와 방범 아저씨에게 현행범으로 걸린 적이 있었다. 이 아저씨들은 나의 주머니를 뒤져 담배만을 압수하고는 유유히, 나의 피같은 담배를 둘이서 나눠 피우면서 시야에서 사라져 갔다. 새로 나온 청솔 담배 한 개비만 달랑 피고 압수당하는 그 기분 정말로 뭣 같았다. 너무나 아까운 기분에 아저씨들을 따라가 담배를 되돌려 달라고 그 어린 나이에 간덩이가 배꼽 밖으로 삐져나오는 소리를 했더니, 그때서야 집과 학교에 연락하겠다고 하면서 으름장을 놓는 게 아닌가? 그 당시 그분들이 어떠한 행동을 했어야 옳은가는 이 글을 읽고 있는 독자들의 판단에 맡기기로 하겠다.

갈수록 세상이 험악해져 주민등록증에 잉크자국도 마르지 않은 아이들이 성인들의 흉내를 내며 이를 제지하는 어른들을 폭행했다는 기사를 읽은 적이 있다. 현장에서 제재를 하는 것이 이제는 위험한 세상이 되었다는 이야기일 것이다.

그러나 사회를 움직이는 성인들, 자신의 경험을 마누라 엉덩이 만지듯 부드럽게, 그리고 아주 천천히 한번 더듬어 보자, 청소년기의 상습적인 흡연과 음주가 얼마나 신체건강과 정신건강에 해가 되었는지 그리고 또한 이것들이 학생 본연의 자세를 지키는데 얼마만큼이나 골이 때렸는지…….

한두 푼의 코묻은 돈을 벌고자 이 나라의 주역이 될 무한한 잠재 능력을 지니고 있는 청소년들을 유해환경으로 밀어넣는 일은 이제 그만하자. 고등학교 시절 대학생인 형의 신분증을 교묘히 위조해서 흡연과 음주를 친구삼고 더불어 디스코장을 제집처럼 드나들며 대삐리 누나들과 놀아났던 나같이 싸가지 없는 아이들은 어쩔 수 없겠지만 적어도 술과 담배를 판매하는 곳에서는 항상 신분증을 확인하자.

그리고 이를 어기는 어른들은 분명 콩밥이 땡기는 분들 같으니 우리 국민들이 세금을 더 내는 일이 있더라도 보다 강력한 행정조치를 가해서 청소년을 보호하고 잘 선도하여 건전한 사회를 조성하자. 마음과 노력이 있으면 별로 어려운 일은 아닐 터인데 왜 우리는 못하는 것일까?

청소년을 이해하자

　얼마전 인터넷을 통해 접한 고국의 뉴스중 나를 기쁘게 한 것이 몇가지 있었다. 첫번째는 청소년 보호를 위해 정도가 지나친 에로물과 폭력물의 유통 판매·대여를 금지하며 모든 영화를 5단계로 세분화하는 '등급분류제'를 실시할 방침이라는 뉴스였고 두번째는 청소년들을 위하여 건전한 놀이공간 설립의 취지로 대학로 근처에 청소년을 위한 댄스클럽을 마련한다는 뉴스였다.

　미국에서는 오래전부터 청소년 보호를 위해 운영되는 정책들이지만 나의 고국에서도 청소년을 위해 기성세대들이 조금더 투자와 관심을 보이는 것 같아 때늦은 감이 없지 않아 있지만 너무나 기쁜 뉴스였다.

　지난 90년초, 서울 용산 미8군에서 직장생활을 할 때 부대안에 있는 미국 고등학생들의 학교생활을 바라보며, 어느 개그맨의 유행어처럼 '내 청춘 돌리도'라는 말이 나의 뇌리에 메아리침을 느낀 적이 있었다. 정해져 있지 않은 시간에 이 땅에 와서 역시 정해져 있지 않은 시간에 이 땅을 떠나게 되는 것이 우리네 인생이건만 이왕 한번 사는 것 조금더 윤택하고 사람답게 사는 것 같은 그들의 모습을 바라보면서 무한정 부러웠던 기억이 난다.

　'제2의 탄생'이라 일컬어지는 청소년기를 미국아이들은 정말이지, 너무나 행복하게 보내고 있었다. 학교라는 곳이 오로지 대학 입학만을 목표로 주입식 교육의 입시전문 기관으로 전락한 우리네 교육현장과는 달리 그들의 학교는 사회생활을 준비하는 인간 교육 현장 그 자체였다.

우리처럼 무거운 책가방도 없고 새벽에 등교하여 별을 세는 일도 없다. 또 등교해서 하루종일 책과 씨름하는 일도 없다. 자신의 적성과 개성을 찾도록 모든 기회와 시설을 제공하는 그들의 교육 현장 모습은 정말이지 아직도 부럽다. 나의 조국에서도 하루 빨리 진정한 교육이 이루어지길 밤마다 빌고 싶은 심정이다.

학창시절 학교에서 선생님들이나 주위에 있는 어른들로부터 무조건 공부하라는 말을 들을 때면 나는 항시 궁금했던 게 '지들은 우리 같은 청소년기가 없었나' '왜 맨날 공부만 하라고 그러지 써그럴' 하며 혼자 비맞은 땡중처럼 중얼거리곤 했었다. 어른들은 잘 모른다. 아니 시간이 흘러 잊어버린다라는 표현이 더 잘 어울릴 것이다.

누구나 성장기, 청소년기를 보내며 성인이 되건만 자신이 성인이 되어서는 청소년들을 이해하는데 궁색해 지는 것 같다. 나를 포함한 대부분의 기성세대들은 청소년에 대한 편견을 가지고 있다. '나이도 어린것들이…' '설마 내자식이…' '호적에 잉크도 안 마른 것들이…' 하면서 말이다.

하지만 우리 기성세대들이 청소년기에 저마다 말못할 근심과 불확실한 미래에 대한 불안 등 여러가지 갈등과 방황속에 보낸 것처럼 지금의 청소년들도 역시 여러가지 일들로 혼잡하며 갈등과 방황을 할 수 있다는 사실을 우리 기성세대들은 이해하며 그들을 다시 한번 바라볼 수 있는 배려를 아끼지 말아야 할 것이다.

어른들의 눈높이에 그들을 맞추려고만 하지 말고 그들의 눈 높이에서 바라볼 수 있는 배려를 해야만 한다. 청소년들이 원하는 물질을 제공하고 학교에 보내는 걸로만 자식의 뒷바라지를 다한다는 물질적 뒷받침보다는 자신의 청소년기를 되새기며 진정 그들이 필요로 하는 따뜻한 대화와 더불어 때로는 그들의 세계로 동화되는 용기와 자세가 진정한 청소년들을 위한 기성세대들의 참다운 배려가 아닐까 생각한다.

학교나 부모나 공부만이 인생의 전부가 아님을 가르쳐 주어야 한다. 무조건 공부를 하라는 것보다는 왜? 공부를 해야 하는지 청소년들을 이해시켜야 한다. 그리고 더불어 부모나 기성세대나 자신의 시간을 조금이라도 할애해서 많은 대화를 나누어야 한다.

인간은 누구나 다 외롭다. 청소년기의 아이들은 자신을 위해, 자신의 고민이나 걱정을 함께 들어주고 이야기해 주는 그 누군가 옆에 있다면 그것은 엄청난 교육이자 방황하는 청소년에게 크나큰 힘이 되어 줄 것이다.

나 또한 청소년기에 소위 우리 사회에서 말하는 문제아였으나 지금은 세상을 항시 긍정적으로 바라보며 더불어 살 수 있는 사회의 구성원이 되고자 노력한다. 한참 방황할 때 옆에서 나를 이해해 주며 많은 대화와 관심을 보여준 부모님이나 진정한 선생님들의 노력 덕분에 말이다. 나의 경험을 되살려보더라도 청소년기에 누구의 진정한 대화와 관심은 공부보다 더 중요하다. 망망대해 같은 머나 먼 인생을 헤쳐나가는데 있어서 말이다.

앞서 언급한 것처럼 미국의 중고등학교는 입시교육보다는 사회생활의 준비기관으로 인간의 인성이나 성품형성에 중점을 둔다. 기본적인 교육과 함께 더불어 살 수 있는 인간의 소양을 갖출 수 있도록 말이다. 아침 7시에 시작하여 오후 3~4시에 기본적인 교육시간이 끝나고 나면 저마다의 개성과 적성을 살릴 수 있도록 수많은 클럽활동을 한다. 참다운 인간성 배양과 공동체 의식을 습득할 수 있도록.

운동을 좋아하며 관심있는 사람은 운동을 통하여 공동체 의식과 자신의 적성이나 특기를 살릴 수 있으며, 공부를 좋아하는 사람은 수학이나 과학클럽 등을 찾아 기본교육에서 연장된 좀더 깊이 있는 공부를 하게 된다. 또한 방과후나 주말시간을 이용하여 교육의 연장으로 사회봉사활동에도 적극 참여하도록 하여 더불어 사는 세상이 아름다운 세상이라는 근본적인 이치를 터득하게 된다.

교육을 지도하는 선생님들도 학생들의 적성을 일일이 체크하며 무조건적인 주입식 교육으로 대학진학을 꾀하기보다는 그들이 인간적인 자세로 정상적이며 더불어 살 수 있는 사회 구성원이 될 수 있도록 많은 대화와 노력을 아끼지 않는다. 춤과 노래 등을 좋아하는 청소년들을 이해하며 학교측에서도 그들을 위하여 건전한 놀이공간을 제공하며 학교생활에서 쌓이는 스트레스를 풀 수 있도록 돌파구를 열어주기도 한다.

꼭 공부만이 인생을 살아가는데 최선의 선택이 아니다라는 교육과 삶의 현장을 몸소 체험하며 자라나는 미국 아이들, 그래서 그들은 무조건 대학에 진학하지 않는다. 자신이 진정 원하는 아이들만이 한다. 학부모들의 학교 교육현장의 여러가지 다른 모습의 참여자세도 더욱 더 가치있는 교육현장을 만들어 나간다. 일일교사 또는 방과 후 클럽활동 등에 부모들이 자원봉사를 하며 정기적인 교사와의 만남을 통해 진정한 교육, 가치있는 교육 현장을 만들어 나가는 미국인들의 모습, 사회 첫발을 내딛는 고교 졸업반을 위해 시의 최고권자인 시장도 시간을 내어 그들과 함께 공청회를 통한 면담을 하며 그들의 의견에 귀를 기울이며 그들의 의사를 존중해 주는 모습을 바라보며 미국이란 나라가 유지되는 밑거름이 무엇인지 알 수 있게 된다.

성장기에 '별이 빛나는 밤에'라는 라디오 프로를 애청하며 지낸 일이 있다. 어느 날은 영화감독 이규형씨가 출연하여, 청소년의 미래에 대하여 자신의 의견을 늘어놓았는데, 그 당시 나의 미래 설계에 많은 도움이 되었던 이감독의 이야기는 지금도 머리 한구석에 자리잡고 있다.

'무조건 대학 진학만, 공부만 강요하는 개성없는 똑같은 사람들을 만들기 보다는, 공부를 잘하는 사람은 공부로 꽃을 좋아하는 사람은 꽃으로 일등이 될 수 있고, 청소를 잘하는 사람은 청소로 일등이, 그리고 노래를 잘하는 사람은 노래로 일등이 될 수 있는 사회, 공부만이 한사람의 미래와 인격을 저울질하는 잣대가 되어서는 안된다' 라는 이규형감독의 조언은 너무나 좋았었고, 항상 공감하며 살아간다.

나는 청소년에 대한 관심이 높다. 언젠가는 나의 선친의 이름을 빌린 장학재단을 설립하여 공부를 잘하는 아이들에게 주는 기존의 장학금이 아닌 꼴찌에게도 힘을 낼 수 있게끔 장학금을 주고 그리고 노력하는 아이를 격려하는 장학금, 함께 더불어 사는 공동체 의식을 실현하는 아이에게 주는 장학금 등으로 청소년을 위한 장학사업과 함께 그들을 위한 여러가지 청소년 선도사업을 해보고 싶고 시간이 걸릴지언정, 언젠가는 이꿈을 꼭 이루고 말것이다.

기성세대들이여! 청소년을 이해하고 그들을 보호하자. 공부만이 살 길이 아니라 이 세상에는 공부말고도 진정한 삶과 가치있는 삶을 이룰 수 있는 수많은 일들이 존재하고 있음을 하루라도 더 살아본 우리가 그들에게 제시하여야만 한다. 한창 나이에 수많은 경험과 사색을 통해 세상을 바라보는 긍정적인 시력을 공부만이라는 무거운 짐으로 빼앗지 말아야 한다. 기성세대의 노력과 이 사회의 더불어 사는 공동체 의식이 확산될 때 우리의 청소년들, 보다 더 성숙하고 능력있게 자라날 수 있을 것이며, 우리나라의 미래 또한 더 밝아질 수 있을 것이다.

팔도 밖으로 굽는 미국 대학

주머니가 가벼웠던 학창시절, 식당에 가서 음식을 주문할 때 질보다 양, 아니면 양보다 질을 추구할까?를 고민하며 혀와 곱창의 끊임없는 전투에 도끼로 이마 까듯 골때려 가며 음식메뉴를 훑어 내려가던 기억이 있다. 굶주린 곱창을 채우기 위한 한끼의 식사도 때론 나의 오래던 기억처럼 양과 질 사이에서 고뇌하기도 한다.

우리는 교육을 가리켜 흔히들 보이지 않는 무형의 투자란 말을 하곤 한다. 한나라의 미래는 그 나라 교육에 달려 있다 한들 그 누가 나에게 시비를 걸어오리오?

한국 최고의 인재들이 모이는 한국 최고의 대학인 서울대가 아시아 국가 대학서열 16위이고 우리나라 그 어느 대학도 세계 800위안에 들어가는 대학이 없다는 이야기를 접하고는 그 옛날 땡중 머리에 까만 교복입고 회수권 안내고 '삥'차 타다 차장 누나에게 걸렸을 때보다 더 쪽팔리고 수업시간에 섹스책 보다 선생님 발걸음 소리에 책을 후다닥 덮어버리듯 누가 알까 황당한 소식이었다.

오래전 '행복은 성적순이 아니잖아요'라는 영화가 있었다. 무척 재미있고 또한, 잔잔한 감동과 더불어 메시지가 담겨진 영화였다. 이 영화의 제목처럼 우리나라에 아시아에서 또는 세계적으로 서열 상위권에 올라있는 대학이 없다한들 우리는 행복해 할 수 있다. 하지만 미·소냉전이 종식되고 군사력보다는 경제력이 한 나라의 국력으로 표현되는 요즈음 세계화와 더불어 무한경쟁 시대에 대응하며 롱런 할 수 있는 밑거름은 양보다는 질을 추구하며 세계적인 대학의 양성과 한우 안심살보다 질 높은 교육을 통한 인재 배출만이 무한경쟁 시대에 살아 남을 수 있는 방법이자 우리나라의 미래를 책임질 수 있으리라 생각한다.

나의 학창시절 급우나 선배들의 대학진학시 자신의 실력과 적성을 고려하기보다는 소위 말하는 일류대학 진학만을 꿈꾸었다. 그것만이 오로지 이 험난한 세상에서 살아 남을 수 있는 유일한 방법인 양 부모 또는 선생님들과 진학상담을 했고 눈썹이 휘날리게 뛰어다니고 원서 접수 마감날까지 눈치작전을 펴며 가족 모두, 아니 그것도 모자라 사돈에 팔촌까지 총동원 해 마치 007영화의 한 장면을 연출하듯 대학원서 접수를 그렇게 시도하던 모습이 지금도 주마등처럼 나의 뇌리를 스친다.

자신의 실력배양보다는 우선 일류간판을 목에 걸고 보자는 웃지 못할, 하지만 부정할 수 없는 우리네 사회현주소가 빚어낸 잘못된 교육현장의 모습이었을 것이다. 실력보다는 학벌위주로 사회 풍토가 조성되었기에 대학만 들어가면 졸업은 거의 보장되는, 공부하지 않는 우리네 대학의 현실 학맥과 인맥으로 연결되는 우리 사회의 병폐가 오늘날 한국 최고의 대학인 서울대학교가 아시아 내에서도 겨우 16위권에 머물게 된 것이다. 그러기에 우리의 그 어느 대학도 세계 800위 안에 드는 대학이 없는 어처구니없는 모습이 되어 버리고 말았다.

미국의 대학들을 보자. 미국의 대학들은 어느 학교 출신이냐? 라는 학벌보다는 개개인의 실력, 그리고 경쟁을 중요시하고 이런 점이 거대한 미국사회를 이끌어가는 인재배출의 밑거름이 되며 매년 대학평가를 통해 대학의 등급을 발표, 대학간의 경쟁을 촉진하며 공부하는 대학을 만들어 낸다.

대학의 어머니라 할 수 있는 교수채용도 눈여겨볼 필요가 있다. 며칠전 신문지상에서 발표된 우리나라 대학의 교수채용은 그야말로 집안식구끼리 해먹자라는 냄새가 너무나 심하다. 서울대의 경우 모교출신96.2%, 고려대 60.2%, 연세대 80.3% 등 자기 대학출신 교수비율이 너무나 높다. '뭉쳐야 살고 흩어지면 죽는다' 라는 자유당시절의 구호처럼 말이다.

일제 식민지의 잔재인지 모르나 우리나라의 교수임용은 일본처럼 도제식 관행을 따른다. 스승과 제자의 관계가 성립되어야만 교수자리를 얻을 수 있다. 연구실 중심의 도제교육은 학문적으로는 스승의 한계를 넘지 못하면서 사적인 관계로 교수임용이 보장된다는 병폐가 있으며, 연구의 창의성도 없고 교수간의 경쟁력도 온실속의 화초처럼 약해진다.

미국과 한번 비교해 보자. 미국 최고의 대학이라 할 수 있는 하버드의 경우 모교 학사출신이 11.7%, 모교 박사출신이 16.3%라는 우리와는 상대도 안되는 낮은 수치를 차지한다. 스탠포드대학의 경우는 모교 학사출신 0%에, 모교 박사출신 1.1%라는 놀라운 수치를 보여주고 있다.

미국처럼 모교출신 교수를 제도적으로 제한하는 교수쿼터제를 도입하지 않으면 타교출신이 진출하기란 현실적으로 어렵게 보인다. 아무리 객관적인 교수선발 기준을 정해 놓은들 팔이 부러지지 않는 한 안으로 굽듯이 교수임용 문제는 얼마전 우리 사회 수면위로 떠오른 것처럼 언제나 불공정 사적 거래를 낳게 하며 나아가 대학내 교직사회는 비판적인 상호 토론문화도 없고 실력보다 연공서열로 움직이게 된다.

학생을 가르치는 교수의 질적 향상이 이루어지지 않는 상황에서 어떻게 공부하는 학생이 나올 수 있으며, 세계적인 대학의 배출은 언제나 남의집 이야기로만 머물고 말 것이다. 일본의 경우도 우리나라의 대학사정과 크게 다르지 않다고 한다.

일본 게이오대학은 후지사와 캠퍼스를 개교하면서 모교출신을 20%이하로 제한하는 용단을 내렸다고 한다. 우리의 경우 대학 자율로는 오랜 관행처럼 흘러 내려온 모교출신 교수임용의 벽이 쉽게 무너져 내리라곤 기대할 수 없을 것이다.

공부하는 대학, 실력 있는 대학, 세계적인 대학을 만들어 세계화, 무한경쟁시대에서 살아 남을 수 있도록 정부가 개입해서라도 교수쿼터제를 도입해야 할 것이며, 이로 인하여 공부하는 대학분화가 정착되고 학벌보다는 실력위주의 사회가 이루어져야만 우리나라의 장래가 밝을 수 있을 것이다.

D학점 받고 낙제한 외국 학생

　서울 용산 미8군에서 근무할 때의 일이다. 외부에서 보는 미8군은 전형적인 군대시설처럼 보일지 모르지만, 아는 사람은 다 알다시피 그 안에는 한 사회를 축소시켜 옮겨놓은 것처럼 각종 시설이 없는 게 없는 그런 요지경 세상이다.

　한국 속의 미국이란 말처럼 미8군 영내에는 군부대 가족을 위한 각종 교육시설도 잘 마련되어 있다. 초·중·고 과정은 미8군 내에서도 충분히 소화를 하지만 부득이한 사정으로 미국 본토의 대학으로 진학을 할 수 없는 사람들을 위해 본국내 몇개의 대학이 용산 미8군안에서 분교의 형식으로 대학교육을 진행하고 있다.

　어느 날 우연한 기회에 미국인 친구를 따라 대학 분교 수업시간을 함께 청강하게 되었는데 정말로 인상적인 시간이었다. 그 당시 유창한 영어실력은 아니었지만 나의 동물적인 눈치감각과 그 당시 분위기의 상황으로 보아서 학생과 교수 사이에서 열띤 토론이 벌어지고 있었다.

　서로를 공격하며 때로는 공감대를 형성하고 특히 좌석의 배치라든지 아니면, 의복의 차림새 그리고 강의실에 앉아 있는 사람들의 모습, 책상에 발을 올리고 앉아있는 모습 등 정말로 내가 겪어왔던 그리고 체험했던 우리네 강의실 풍경과는 너무나 판이

한 사실에 왕 놀랐던 기억이 있다.

비단 대학 강의실뿐만 아니라, 고등학교·중학교의 수업시간이나 분위기도 이와 거의 유사하다. 나는 한국에서 대학을 가지 않았었다. 고등학교시절 체육 특기자(복싱)신분으로 남들보다 유리한 입장에 있었지만 대학을 가지 않았다. 그래서 부모님에게 크나 큰 아픔을 주었지만 나의 마음속엔 공부하지 않는 대학생, 무조건 들어가면 졸업이 되는 우리네 캠퍼스 문화가 나의 젊음을 끌어들이지는 못했다. 아니면, 특이하게 살고 싶은 나의 망나니, 역마살 덕분인지 대학입시를 포기하고(부모님께 처음으로 고백하건데 그 당시 시험도 보지 않았음. 부모님 죄송합니다. 근데 제가 죄송할 일들이 비단 이것뿐이겠어요?) 사회인이 되어서 나의 꿈과 미래를 남들과 다른 시각에서, 다른 각도에서 펼쳐나가고 싶었기 때문이었다.

그래서 스스로 대학을 가지는 않았지만 달랑, 가벼운 졸업장만 가지고 대학문을 나서는 졸업생보다는 우리 현실에 부딪쳐 그보다 더 실력있는 사람이, 그리고 이 사회에 조그마한 도움이 되고자 하는 생각과 나의 다짐은 그때나 지금이나 변함이 없다.

날짜도 생생히 기억하고 있다. 지난 93년 7월 1일. 그날은 내가 비행 청소년이 되고자 사랑하는 어머님의 눈물을 뒤로 한 채 고향의 울타리를 뛰어넘어 김포공항에서 비행기를 잡아타고 미국으로 출발한 날이다. 물론 한국에서 미8군 직장생활을 통해 미국에 관한 많은 것들을 사전에 어느 정도 경험하고, 그리고 숙지해 미국에 왔지만 한국의 대학과 미국의 대학은 정말로 다른 점들이 많았었다.

내가 이야기하고자 하는 것은 캠퍼스의 크기 또는 그 부대 시설 등 외적인 것들이 아니다. 막말로 책가방 크다고 공부 잘하나?

(근데 책가방 크면 책은 많이 들어간다) 나는 대학의 주인이라 할 수 있는 학생들의 모습과 학생으로서의 자세를 이야기하고 싶다.

내가 맨처음 입학한 학교는 미국 중부 미시간 주립대학 이었다. '나홀로 집에'란 영화의 주인공처럼 홀연 단신 미국에 도착하여 긴장한 면도 있었겠지만 미국대학 학생들의 모습은 정말로 우리 것과 구별하는데 별 어려움이 없었다. 지금도 간혹 한국 비디오를 빌려보며 화면으로나마 한국의 모습을 간접 경험하지만 대학생, 특히 여대생들의 모습은 내가 한국에 있을 때나 지금이나 전혀 다름이 없음에 짜증도 나고 답답하기도 하다.

지금은 워낙에 머리좋은 사람들이 밤잠 안자고 열심히 짱구들을 굴린 덕택에 컴퓨터란 깡통과 인터넷이란 반찬 덕분에 앉아서 천리 본다는, 그 옛날 점쟁이들 이빨보다도 더 막강하게 앉아서 지구 전체를 내다볼 수 있는 세상이 되어 버렸다.

나도 시대에 뒤떨어지기는 싫어서 인터넷을 통하여 고국의 소식을 하루도 빠지지 않고 접하지만 내일의 주역이자 내일의 희망인 우리 대학생들의 모습과 그릇된 사고방식의 뉴스를 접할 때면 속이 상한다.

우선 복장부터 이야기 해보자. 한국 여대생들은 거의가 연예인 수준이다. 내 말이 틀리면 나를 고소해도 좋다(가진 건 감자 두알밖에 없다. 배짱하고…) 학교에 뭐하러 가나? 공부하러 간다. 근데 웬놈의 화장과 외모에 그렇게 신경들을 쓰는지 모르겠다.

대학에 들어 가면 화장품 회사에서 협찬을 해주는지 아니면 한국의 옷값들이 모조리 다 싸구려인지 내가 한국에 있을 때나 지금이나 여대생들의 모습은 별 변함이 없다. 유행에 알레르기가 있는지 모두가 다 민감하다.

TV드라마에서 연예인이 뭐하나 걸치고 나오면 너도 나도 다 그 흉내를 낸다.(여대생은 다들 원숭이 띠일까?) 자신의 개성을 죽일 뿐만 아니라 괜한 시간 낭비, 그리고 돈 낭비이라고 자신 있게 말하고 싶다.

자신을 꾸미는 것은 아름다운 일이다. 남녀노소 불문하고. 하지만 지성인임을 자부하며 상아탑 교육을 받는 대학생들이라면 외모보다 무엇이 더 중요하고 자신의 입장에 걸맞는 행동을 해야한다는 상식과 논리를 지녀야 한다고 본다.

특히 작년에 여대생들이 졸업 앨범사진을 잘 찍기 위해 유명한 미장원에서 몇십만원 씩하는 파마나 머리손질, 몇백만원을 호가하는 성형수술을 하며 값비싼 외국 브랜드 옷을 구입한다는 사회면 기사를 읽다가 그 신문을 발기발기 찢어 버렸던 기억이난다.

신문이 전한 이유인즉슨, 그래야 마담뚜들 눈에 잘 띄어서 좋은 대로 윤택한 삶이 보장된 신랑후보들에게 자신을 부각시킬 수 있데나 어쨌데나… 참으로 한심 두심도 못한 이야기가 아닐 수 없다.

미국의 대학생들을 잠깐 만나보자. 남녀학생을 불문하고 학교에 가면 복장으로 남녀 구분을 하기 힘들 정도로 수수하고 간편한 옷차림을 하고 온다. 그들은 학교가 무엇을 하는 곳인지 잘 알고 있다. 그리고 공부하러 온 자세가 되어 있다. 화장하고 외모에 시간과 정력을 낭비할 시간이 있으면 공부를 더한다는 학생 본연의 자세가 되어 있기 때문이다. 화장 많이 하면 피부가 안좋아진다는 사실을 코큰 여학생들만 알고 있는 것일까?

미국 캠퍼스내에 가면 아니 어느 주, 어느 학교를 가든지 동양학생들을 만날 수 있다. 그 중에서 한국 여학생 찾기가 서울에서 김서방 찾기가 아니라 고스톱판에서 쪽쟁이 한장 먹기보다도 더 쉽다. 가장 화려한 복장, 연예인 뺨을 여러번 때리고도 더 때릴 수 있는 준비가 되어 있는 화장빨만 찾으면 90%가 한국 여학생이다. 집에서 새는 바가지 밖에서도 안새냐? 우리 어마마마의 말이 딱 들어맞는 부분이다.

미국에서 4년제 대학을 졸업하는데 소요되는 평균시간이 5년에서 6년이라고 한 조사기관이 발표했다. 4년과정이 그렇게 늘어지는 주요 이유는 미국 대학생들 대다수가 학업과 일을 병행하기 때문이란다.

미국은 그 어느 나라보다 학자금 융자제도가 잘되어 있는 나라이다. 외국에서 이민온 누렁이들한테도 찍소리 안하고 공부하겠으니 돈 좀 꿔달라 그러면 웬만하면 다 빌려준다. 그래도 미국 아이들은 대학을 졸업하는데 평균 5년에서 6년이란 세월이 소요된다고 한다.

자신의 힘으로 일해서 학비내고 자기생활하는 그들의 젊은이상이 너무나 멋있다. 그리고 우리도 꼭 배워야 한다. 나는 친미파는 절대 아니다. 우루과이 라운드니 IMF니 해서 또 다시 반미감정이 한국사회내에서 고개를 들고 있다. 나도 성질이 더러운 놈이다. 화나면 두부도 씹어먹고 막걸리 야구르트통도 주먹으로 막 내려칠 정도로 성질이 더럽다.

힘있는 놈들이 약한 우리네 나라를 건드리는 것 같아서 열 받다 못해 분출될 때도 있지만 감정은 감정이고 배울 것은 배워야 한다고 생각한다. 나이 서른에 혼자 사는 싱글 라이프라 때로는 여자의 살내음이 그리운 게 솔직한 동물적인 본성이다. 한국의 대학 근처를 가면 항상 많은 사람들이 바글거린다.(특히 여자들) 이대 앞이니 홍대앞이니 충무로 명동이니(거론된 대학은 이 내용과 특정관계가 없음) 온통 젊은이 투성이다.

한국의 대학생들은 남녀 성불문하고 항상 시간이 많아 보인다.

그래서 수업시간이 끝나도 귀가를 일찍 하지 않는다. 학교 근처 유흥업소에서 감사패라도 받고 싶은지 아니면, 학교에서 야간 자율 방범을 도는 것인지 우리 대학 부근의 밤거리는 항상 대학생들로 북적댄다. 여학생들의 화장과 조명빨, 남학생들의 부어라 마셔라 그리고 뿌연 담배 연기들(전부다는 아니고 일부만)이 난무한다.

반대로 미국의 캠퍼스주변은 주말이 시작되는 금요일, 그리고 토요일만 제외하고는 너무나 조용하다. 노는 수준도 너무나 차이가 난다. 한국 대학생들은 도깨비방망이가 집안에 한자루씩 있는지 술을 마셔도 술값이 10만원도 넘는 나이트클럽이 기본이란다. 공부하는 학생들이 어디서 그렇게 돈들이 많이 생기는 걸까?(안 들어도 오디오지, 부모님 주머니지 뭐)

나도 나이트클럽에 가서 춤추는 걸 참 좋아했던 때가 있었다. 그래도 지금의 대학생들처럼 그렇게 살벌하게 자신의 입장을 망각하며 놀진 않았었다. 가장 심했던 게 친구의 꼬임에 이끌려 우리 집 쌀통에서 쌀 퍼다 동네 쌀가게에 팔아서 입장료 3천원하던 종로의 모나이트클럽에 갔던 게 가장 죄스러웠던 기억이다.

참! '이경규가 간다'코너에 부탁하는데 쌀가게에 청소년이 쌀 들고가서 팔려고 할 때 사는지 안 사는지도 살펴서 양심냉장고를 주어야 한다. 그래야 나와 같이 불쌍하고 어두운 역사가 반복되지 않을 것이다.

각설하고 미국 아그들 그들도 우리네 대학생들과 똑같은 젊은 이들이다. 뜨거운 피가 흐르고 노는 것을 좋아하는 젊은이들이다. 하지만 그들은 학생의 신분을 잘 알고 있고 어떻게 하는 것이 학생의 신분인지를 지키고자 노력한다. 국어시간에 배운 주제파악과 수학시간에 배운 분수를 잘 활용하고 있는 것이다. 몇년전의 일이다. 여름방학을 앞둔 6월 초 한여름에 개도 안 걸린다는 감기에 내 자신의 개같은 인생역정 덕분인지 독감에 걸려서 기말고사를 앞두고 전전긍긍할 때의 일이다. 혼자 사는 덕분에 감기약도 아픈 몸을 이끌고 기어가서 겨우 사먹고 목구멍이 포도청인지라 민생고는 해결하고자 일을 나가야 하지만 콩나물국 한그릇 끓여 줄 사람이 없으니 정말이지 눈물만 핑돌던 때가 있었다.

유학생들은 미국인 학생들과 학점관리 방법이 다르다. 그들은 F를 받아야 낙제이지만 유학생들에게는 D를 낙제 처리한다.(깐깐한 자식들 같으니 쓰벌) 좌우지간 이 한몸 가누기도 힘들고 시험 공부는 물 건너간지 오래였다. 그래도 수업은 빠지질 않았었다. 한여름에 오리털 파커를 걸치고 누렇게 생긴 놈이 땀 질질 흘리던 모습이 참 희한했을 것이다.

기말고사를 끝낸 후 방학은 시작되고 제발 C만 받아서 낙제만 면했으면 하는 생각으로 하루 하루를 보내고 있는데 성적표가 집으로 배달되었다. 콩당콩당 떨리는 심정으로 열어 본 성적표는 그렇게 학수고대하던 C가 아니고 B가 표기되어 있었다.

개강이 되어서 담당교수에게 달려가 물어보니 기말고사는 그다지 좋은 성적이 아니지만 학기내 열심히 수업에 참여했고 하고자 하는 노력, 그리고 아픈 몸을 이끌고 수업에 참여한 나의 투지에 앞으로의 가능성과 학생 본연의 자세를 인정해 B를 주었다는 대답이 참 인상적이었고 너무나 고마웠던 기억이 난다.

이곳 시애틀에서 공인중개사로 일하며 가깝게 지내는 선배 한 분이 계신다. 그분의 고등학교 친구 한분이 대구 모대학의 미술 교수인데 시애틀 옆동네인 오리곤주의 어느 대학의 교환 교수로 와 계셔서 함께 술자리를 한 적이 있었다. 이분도 미국에서 학업을 마친 분이기 때문인지 몰라도 학생들을 지도하고 그들을 평가

하는데 남다른 사고가 무척 인상적이었다.

과거에는 무조건 그림만 잘 그리면 미대에서는 A를 주었다고 한다. 하지만 이분은 그림실력은 조금 처지더라도 남이 시도하지 않는 개성적인 그림, 그리고 노력하는 이에게 A학점을 준다고 했다. 인문대 공대도 아닌, 예술을 추구한다는 미대에서 공장에서 찍어내는 물건처럼 너도 나도 똑같은 그림을 누가 더 잘 빼기나로 평가한다면 이미 예술인으로서의 생명은 물건너 간 것이라는 생각 그리고 미대는 창의성이 더 중요시되어야 한다는 그분의 논리가 참으로 인상 깊었다.

학생들의 배우고자 하는 자세도 중요하지만 가르치고 평가하는 교육자들의 시대에 부응하는 노력도 필요한 시대에 살고 있는 것 같다. 젊은 시절, 특히나 학창시절은 인생이란 기나 긴 항해를 헤쳐나가며, 항상 되돌아가고픈 시절이다. 그리고 긴긴 인생여정에 있어서 나침반 역할을 할 수 있을 정도로 중요한 시기이다. 젊은 시절의 땀 한방울이 먼훗날 식탁에 기름진 반찬과 윤택한 생활의 보증수표는 절대 아니다. 하지만 자신의 입장을 망각하여 흥청망청 보낸다면 그 대가는 분명 자신의 몫이 될 것이다.

비록 훗날 자신의 꿈을 이루진 못했지만 멋지고 열심히 보냈던 젊은 시절, 특히 학창 시절은 가슴 뿌듯한 인생을 그려가는데에는 그만한 값어치가 있으리라 생각한다.

단지 IMF때문이 아니라, 우리의 멋진 장래와 대한민국이란 값어치 있는 나라의 후세들을 위하여 젊은이들이여! 우리부터 멋지게 털갈이하자!

미국 고교는 입시학원이 아니다

　지난 94년 시애틀 교민 라디오 방송국 아나운서 자격으로 이곳을 방문했던 이해찬의원을 만나볼 기회가 있었다. 유사이래 처음으로 야권의 정권교체를 이룩한 후 이제는 의원이 아닌 교육부 장관으로 한국사회내의 고질적 병폐 중 하나인 교육개혁을 위해 동분서주하는 이해찬장관에게 많은 기대를 걸어본다.

　문민정부로 불리는 김영삼 전대통령 재임시절 이루어진 교육개혁의 가지수만도 크고 작은 것을 합치면 무려 100여가지가 넘는다고 한다. 사람의 머리는 무한한 잠재력과 발전력을 가지고 있다고 하나 새정부에서 얼마만큼의 또 다른 교육개혁안이 나올지 궁금하다.

　이해찬 신임 교육부 장관의 사교육 근절과 과외단속으로 인하여, 게다가 요즘 IMF로 불리는 경제대란때문에 당분간은 최소한의 생활비 보장도 힘든 상황이라 일시적으론 과외로 통용되는 사교육이 꼬리를 내리는 것처럼 보일지도 모른다. 하지만 일시적·한시적인 정책들이 결코 근본적인 대책은 될 수 없을 것이다.

　내가 한참 뛰어놀던 지난 70년대 말에도 거국적인 과외단속이 있었으나 결국엔 몇 년 못가서 실패하고, 또다시 똑같은 상황이 되풀이되고 있는 것이다. 우리의 고질적인 병폐 중 하나인 소잃고 외양간 고치는 행정방식을 멀리 하고 무엇때문에 소를 잃어버리게 되었는지 근본적인 문제부터 살펴보아야 할 것이다.

우리나라 사회에 팽배한 발전논리 중의 하나가 바로 경쟁이다. 두말하면 입이 아프겠지만 올바른 경쟁은 발전의 밑거름이자 원동력이 된다. 자본주의의 어머니라 할 수 있는 미국 같은 사회가 발전하는 중요한 원인 중의 하나가 바로 '경쟁'이다.

경쟁은 서로에게 자극을 줄 수 있되 또한 서로에게 도움이 되고 서로에게 용기를 줄 수 있어야 한다. 그러나 불행하게도 우리나라 경쟁의 현주소는 그렇치 못하다. 흔한 예로써 나의 학창시절에도 그랬지만 자신의 내신성적관리를 위하여, 인류대학 진학을 위하여 같은 교실 안에서 급우라는 이름의 관계를 유지하면서도 자신의 경쟁상대가 되어 때로는 시기와 질투심에 원수같이 지내는 아이들도 심심찮게 보아왔고 지금도 그런 아이들이 많은 걸로 알고 있다.

우리의 잘못된 경쟁심리는 자본주의의 원동력이 되기보다는 사회발전의 저해요소 밖에는 되지 못할 것이다. 일류대 진학만이 백마고지를 탈환하여 전쟁에서 유리한 고지에 올라서듯이 출세의 보증수표라도 되는 양 기를 쓴다. 진학을 위하여 우정도 인정도 막말로 얄짤없는 잘못된 경쟁심리는 우리 모두의 책임일 것이다.

미국에도 분명 아이비 리그로 표현되는 일류대학교가 존재하며 자녀들을 일류대학교에 보내기 위해 비싼 사립학교에 진학시키는 미국 부모들의 숫자도 갈수록 늘고 있다는 통계를 접한 적이 있다. 또한 일류대학교 졸업은 미국에서도 출세의 보증수표는 되진 않지만 지름길은 될 수 있다.

그러나 미국아이들은 옆자리의 친구들 또는 동료를 경쟁상대로는 보진 않는다. 어려운 친구 동료를 도와주는 일에 절대 주저하지 않는다. 이들의 경쟁상대는 바로 보이지 않는 자기 자신이기 때문이다. 미국의 교육제도가 개인의 능력과 취향을 마음껏 발휘할 수 있도록 제도적 장치와 발판을 마련해 놓고있기 때문이다.

미국의 학교는 사회생활의 준비기관이지 절대 학생들의 대학 입시만을 목표로 하지 않는다. 대학 또한 학교 성적이나 대학입시의 점수만을 합격자 전형의 기준으로 삼고 있지 않다. 뛰어난 학업성적만으로 미국 내에서 일류대 진학은 어림 반푼어치도 없는 소리이다. 남과 더불어 살아갈 수 있는 공동체 의식과 그것을 실행할 수 있는 소양을 갖춘 사람만이 학업 성적과 더불어 일류대에 진학할 수 있게 된다.

어느 나라, 어느 사회든 발전하기 위해서는 능력있는 사람들이 필요하다. 더불어 이런 소양있고 능력있는 자들을 배출할 수 있는 제도와 장치 또한 필요하다. 나와 남을 비교할 필요도 없다. 나의 능력만 최대한 발전시키고 발휘한다면 나 자신을 필요로 하는 분야에서 인정받고 성공할 수 있는 사회가 되어야 한다.

개인의 능력과 성품보다 오로지 일류라는 껍데기를 숭배하는 우리 사회 전반에 걸친 그릇된 가치관이 깨어지지 않는 한 어떠한 수많은 교육 개혁안을 내걸더라도 사교육으로 통하는 과외는 언제나 깊은 산속 으슥한 곳에 자리잡고 있는 독버섯처럼 우리 사회에 영원히 존재할 것이다.

하느님은 명랑한 사람을 축복한다

국민학교, 아니 초등학교시절 내내 반장만 했다는 사람들을 주위에서 가끔 보게 된다. 하지만 초등학교시절 내내 오락부장만 했다는 사람은 흔치 않다. 그게 바로 나다.

초등학교나 유년시절, 어른들이 아이들에게 '너는 이 다음에 커서 무엇이 될래?' 하고 물어보면 항상 나오는 대답이 대통령·의사·박사·과학자·판사·검사 등 사회의 지도층 자리가 대답의 주를 이룬다.

그때 나는 절대로 그런 것들에는 관심이 없었다. 초등학교 시절 '어른들이 이 다음에 커서 뭐할래?' 하고 물어보면 지금은 고인이 되신 땅딸이 이기동 선생님 같은 유명한 코미디언이 되겠다고 힘주어 대답한 기억이 있다.

내 이름 '상희'는 서로 상에 밝을 희를 쓴다. 항상 서로 밝게 웃으며 지내라는 뜻으로 우리 할아버님께서 지어주신 이름이며 나도 내 이름을 좋아한다. 학창시절 공부를 잘해서 선생님께 칭찬받는 것보다는 우스갯 소리로 급우들을 즐겁게 해주고 주위의 분위기를 띄워서 친구들에게 인기있는 것이 나는 더 기분이 좋았었다.

그런 성장기를 보내서인지 몰라도 나는 항상 웃으며 사는 덕분에 모든 사물을 바라보며 생활하는 것에 있어서도 긍정적인 사고를 지니게 되었다. 내가 어렸을 때 모방송국의 코미디 프로 중에 '웃으면 복이와요'라는 프로가 있었다. 한국 코미디 프로 중에 최장수 프로였으므로 많은 사람들이 이 프로의 이름을 지금도 기억할 것이다.

어려서 꿈이 코미디언이어서 그런지는 몰라도 TV프로 중에 코미디물을 항상 시청했으며, 지금 이곳에서도 '경찰청 사람들'과 더불어 즐겨보는 한국 TV프로는 항상 코미디프로다. 그 이유는 편하게 웃고 싶어서이다.

의사들은 사람이 '크게 웃으면 웃을수록 혈액순환이 증가하고 상체의 근육운동과 심장 박동수가 높아지며 폐기능도 강화된다'고 말한다. 웃음에 관한 일반적인 학설로는 10초동안 웃으면 이틀 더 오래 산다라는 학설 등이 제기되기도 했다.

미국 로마린다 의대의 리 버크교수와 스탠리 탠교수는 60명에게 금식을 시키고 배꼽잡는 비디오를 60분간 보여준 후 그들의 혈액을 뽑아 스트레스 호르몬의 혈중농도를 측정한 결과 비디오를 보기 전과 비교해 스트레스 호르몬이 현저히 감소한 것을 밝혀냈다고 한다.

이밖에도 웃음은 호흡기관에 생기는 염증을 막아주는 면역글로불린 A와 항체의 활성을 높여주는 보체를 증가시켜 면역력을 증가시킨다고 한다. 또한 캐나다의 웃음연구가 캐트린 펜윅은 직장에서의 웃음은 무기력증을 예방하고 스트레스정도를 낮추며 15%의 사기진작과 함께 40%의 생산력이 높아지고 변화에 대한 적응력을 향상시키며 직원간의 의사소통을 원활하게 해 싫증을 없애는 대신 창의력을 높이며 자신감과 추진력을 북돋운다고 주장한다.

이밖에도 웃으면 건강해지고 정신건강에도 좋다는 학설은 참으로 많다. 1988년 서울올림픽 자원봉사를 하게 되면서, 어머니에게 미역국 선물을 한 후 처음으로 다양한 인종과 수많은 외국인들을 접할 기회가 생겼다. 이것을 계기로 영어공부를 시작해 서울 주한 미8군에의 직장생활, 그리고 5년간의 미국생활을 하면서 미국 아이들에게 받은 느낌은 항상 밝다는 것이다.

그리고 서양인들은 잘 웃는다는 것이다. 물론 이들도 사람이기에 때로는 싸우기도 화내기도 하지만, 우리네 한국사람들과 비교할 때 웃는 횟수나 평상시의 모습은 우리보다는 많이 그리고 표정이 밝다는 이야기이다.

가정에서 식구끼리도 특히 부모가 자식들에게 웃기는 이야기를 해주고 반대로 자식들도 부모에게 웃기는 이야기를 해주며 웃는 모습, 직장에서도 그리고 줄을 서서 기다리면서도 모르는 사람들끼리 농담을 주고 받으며 웃음을 나누는 모습을 보면서 웃음은 이들 생활의 일부분이라는 나의 생각에는 아무런 주저함이 없다. 또 '탈무드'를 예로 들어 안됐지만 이런 내용이 있다. '신은 명랑한 사람을 축복해 주신다. 낙관은 자신뿐만 아니라 남들까지 밝게 한다'

웃으며 사는 것과 낙관이란 단어가 약간의 차이는 있겠으나 본질적으론 거의 비슷한 이야기일 것이다. 웃으며 살아야 긍정적인 사고와 낙관적인 삶의 자세를 가질 수 있다고 본다. TV프로그램을 보더라도 미국은 코미디물이 상당한 인기를 얻고 있으며 많은 방송국들이 코미디물 제작에 열을 올린다.

미국 주요 방송국들도 프라임 시간대에 뉴스물을 제외하고는 코미디물이나 토크쇼를 이용해 시청자들에게 웃음을 선사한다. 그리고 웃음의 소재도 일상적인 것에서부터 한나라의 대통령까지도 도마 위에 올려놓고 웃음의 소재로 사용한다.

최근에는 클린턴대통령의 성추문 파문과 관련된 소재가 토크쇼의 주요 웃음재료로 사용되는 것을 보면서 많이 부러웠던 기억이 난다. 미국생활을 하면서 나도 인간이기에 때로는 따뜻한 피가 흐르는 감정있는 동물이기에 기분이 울적할 때는 한번 웃어보자! 마음껏 웃어보자! 라는 생각을 가지고 시내의 코미디클럽에 가끔 가곤 한다.

지금은 한국에도 모코미디언이 운영하는 코미디클럽이 몇군데 있지만 이곳 미국은 코미디클럽이 상당히 많다. 그리고 코미디를 보러오는 사람들의 자세도 상당히 개방적이며 웃음을 선사하는 사람들이 많은 준비를 하는 것처럼 보러오는 사람들도 웃을 준비를 하고 온다.

전에 한국에서 생활할 때 한 코미디언이 TV토크쇼에서 한 말이 인상적이었다. 한국의 코미디는 소재 제한이 너무나 많다는 것이다. 그러기에 웃기는 데에 한계가 있고, 또한 코미디를 바라보는 사람들도 웃자는, 즐기자는 자세보다 '그래한번 웃겨봐라. 얼마나 웃기는지' 하고 동참보다는 비꼬는 자세가 한국코미디의 크나큰 장애물이 된다는 이야기였다.

그리고 코미디를 바라보는 사회의 시각도 코미디 소재는 제한시켜 놓고 자빠지고 넘어지는 코미디를 하면 저질이니 억지 웃음이니 하면서 코미디를 천하게 여기는 사회의 시각도 코미디언들의 사기를 저하시킨다는 이야기를 들으며 공감대를 형성했던 기억이 난다.

어렸을 적 꿈이 코미디언이어서가 아니라 나는 지금도 코미디언을 존경한다. 물론 그들도 직업이기에 때로는 먹고 살기 위하여 코미디를 하겠지만 남에게 웃음을 줄 수 있다는 능력은 참으로 크나큰 능력이라고 생각한다. 이제는 한국도 많이 나아졌지만 앞으로도 계속해서 코미디의 소재 제한을 풀어야 한다. 이 세상 모든 이야기뿐만 아니라 정치인 그리고 대통령의 이야기도 웃음의 재료로 소재로 사용될 수 있는 세상이 되어야 한다고 생각한다.

IMF한파로 인하여 TV프로도 많은 영향을 받는다는 기사를 접한 기억이 있다. 많은 프로가 조기에 막을 내리고 프로도 많이 없어졌다고 한다. 그중에서도 코미디물이 많이 없어졌다는 기사를 접한 적이있다. TV프로의 다양화, 쇼. 오락물뿐만 아니라 교양물도 중요하다는 생각은 변함이 없다.

하지만 요즘처럼 IMF사태로 인하여 가뜩이나 웃지 않고 사는 민족이 더 더욱 웃음이 없어졌다. 웃음은 커녕 우울증이나 화병 등으로 몸고생 마음고생을 동시에 하는 이들이 늘고 있는 실정이다. 그런데다 TV의 코미디 프로마져 줄어든다면 우리 사회에서 웃음은 갈수록 자취를 감춰지게 될 것이다.

물론, 방송관계자들이 알아서 어련히 잘하겠지만 요즘 같은 세상이야말로 코미디물이 정말로 필요한 때라고 생각한다. 힘들때 일수록 웃으며 심신에 활력을 불어넣어 줄 때 긍정적인 사고도 할 수 있으며, 긍정적인 시각도 생겨날 수 있다고 믿는다.

많은 미국인들이 한국사람들을 가리켜 포커 페이스란 말을 많이 사용한다. 거리에서나 어느 장소에서나 사람들의 모습이 경직되어 있다는 말을 많이 한다. 웃지 않는다는 말을 한다. 그러면 나는 '웃음이 모자라서라는…'라는 변명을 한다. 사진을 찍을때도 웃는모습이 부족해서인지 억지로 웃는 모습이 부자연스럽다. 증명사진은 더 더욱 그렇다. 미국사람들은 증명사진뿐만 아니라 어느 종류의 사진을 찍더라도 웃음은 연탄과 연탄집게의 관계처럼 늘 따라 다닌다. 그 만큼 그들 생활에는 웃음이 함께 한다는 이야기이다.

'웃으면 복이와요'라는 말처럼 웃으며 살 수 있는 민족이 되자. 부모 자식간에도 농담을 주고받으며 직장에서도 그리고 모르는 사람끼리도 가벼운 눈웃음이 담긴 인사를 주고받을 수 있는 사회를 만들자.

가벼운 미소가 담긴 인사 그리고 언제나 웃음과 함께 하는 생활, 우리의 인생 자체가 그 만큼 즐거워질 것이며 요즘처럼 IMF로 인하여 원래 모자라던 웃음이 더욱 더 없어지며 마음고생, 몸고생하는 우리에게 웃음은 희망과 용기를 실어다주는 무지개 역할을 하리라 믿어 의심치 않는다.

여러분 '웃으면 복이 옵니다.'

제 3 부

상놈이 양반보다 잘사는 이유

동네마다 뿌리 박힌 사회 체육

'체력은 국력'이라는 표어가 있다. 여자아이들의 치마를 들추어 '아이스케키'하며 속옷 검사(?)에 정신없었던 나의 유년시절, 뽀빠이 이상용아저씨는 모 CF광고에서 '개구쟁이라도 좋다 튼튼하게만 자라다오'라는 멘트를 했었다. 공부하고는 무슨 철천지 원한이 있었던지 나랑은 사이가 안 좋던 그 시절, 부모님께서 공부이야기를 하면 나는 뽀빠이 이상용아저씨의 CF멘트를 꺼내 맞서곤 했었다.

'체력은 국력' '개구쟁이… 튼튼하게만 자라다오.' 모두 건강과 관련된 이야기이다. 인간은 태어나서 죽을 때까지 누구나 건강하기를 원한다. 하지만 세상에 공짜가 없듯이 항상 건강하고픈 인간의 기본욕구는 그만한 노력이 있어야 충족될 수 있다고 본다.

나는 어려서부터 운동을 너무나 좋아했다 아니, 사랑했었다. 개그맨 이경규의 분신이 양심냉장고라면 운동은 나의 분신일 정도였다. 나는 태권도·야구·축구·농구를 틈만 나면 동네 아이들 그리고 학교 친구들을 모아서 하느라 정신이 없었다. 내가 운동을 얼마나 좋아했느냐 하면 초등학교시절 동네 골목에서 야구를 하다가 아는 형이 휘두른 야구방망이 그것도 박달나무로 만든 방망이에 머리를 맞고 기절을 했다가 정신을 차리고 일어나서 '플

레이 볼'을 씩씩하게 외치며 다시 야구를 했을 정도다. 웬만한 아이 같으면 울면서 집으로 돌아갔을 텐데 그냥 계속하자 내 머리를 때렸던 그 형은 혹시 충격에 머리가 돌았나 하는 눈빛으로 나를 쳐다볼 정도였다.

내가 운동을 좋아했던 일화는 비단 이것만이 아니다. 고등학교 시절에도 아침 담임선생님의 조회시간이 끝나면 1교시부터 6교시 끝까지 체육시간인 반만 찾아다니며 운동을 했던 기억도 난다. 출석을 부르는 과목선생님들에게 나의 땡땡이를 안 걸리게 하려고 책상과 걸상은 학교 옥상으로 옮겨놓은 후에 말이다. 나의 면밀주도한 작전이 전교에 퍼지면서 얼마후 학교 옥상에 가면 나보다 먼저 책상과 걸상을 가져다 놓고 땡땡이를 치던 '늦게 배운 도둑질에 날새는지 모르는' 동료들도 생겼다.

미8군에서 직장생활을 하면서도 운동은 나의 분신이었다. 특히 영내에는 각종 체육시설이 기가 막힐 정도로 잘 되어 있었고, 그 당시 라켓볼이라는 한국사회에는 소개되지 않았던 전혀 생소한 운동이 있어서 한동안 나를 미치게 만들었었다.

미국친구로부터 그 운동을 배운 후 나는 점심 시간이나 퇴근 후에라도 틈만 나면 라켓볼을 치느라 도끼자루 썩는지도 몰랐다. 라켓볼을 쳐본 사람은 알겠지만 워낙에 스피드한 운동인지라 안전을 위해 가글(보안경)을 착용하고 경기를 하게 되어 있었는데 역사적인 그날은 미국인 친구와 저녁내기를 했고 워낙에 승부욕이 강한 나는 가글을 착용하면 땀으로 인해 습기가 차고 그래서 시야가 가리기 때문에 가글을 벗고 경기를 했었다.

세트스코어 1대1 마지막 3세트 2점만 더 내면 나의 승리였다. 서브를 넣고 고개를 뒤로 돌리는 순간, 영화의 한장면처럼 나의 눈으로 무섭게 날아드는 작은 물체를 보면서 '피해야 한다'라는 대뇌의 메시지가 근육기관으로 전달되기도 전에 나는 그만 그 공에 맞고 약간 점프를 한 후에 바닥에 쿵하고 떨어지고 말았다.

사람들은 가끔 심한 독감들을 앓고 나면 '눈알이 쑥 빠질 정도로 아팠다'라는 표현을 쓰곤 한다. 진짜 거짓말 하나 안보태고 그때의 아픔을 나는 눈알이 빠진 줄 알았었다. 아픈 만큼 성숙해지고라는 노래가사가 있다. 그런데 이 아픔은 성숙과는 전혀 관계가 없는 그냥 눈알이 빠질 것같은 아픔이었다.

내기게임은 중단됐고 나는 병원으로 실려갔다. 안구 출혈 덕분에 보름간 병원에 입원하는 처지가 되었었다. 퇴원하는 날, 나는 친구를 불러 중단된 그 게임을 다시 치렀고, 나는 승리했다. 지금도 나는 골프보다 더 라켓볼을 즐겨하며 아직도 가글을 착용하지 않는다. 좋게 이야기하면 '두번 다시 공에 안맞겠지'하는 긍정적인 사고의 소유자일 것이며, 나쁘게 이야기하면 시골 촌놈 만큼이만큼이나 무식한 놈일 것이다.

옆길로 빠진 이야기를 본론으로 돌려야겠다. 미8군에 취직을 해서 전혀 다른 세상, 한국네 미국을 통하여 나의 눈을 휘둥그래하게 하였던 많은 일들 중에 하나가 미국인들의 운동에 대한 열정과 운동의 생활화였다. 일상 생활 속에서 남녀노소를 불문하고 그들은 운동을 좋아하고 즐긴다.

그리고 그 운동을 통하여 자신의 건강관리, 조직의 유대강화, 사회생활의 일부로 사용하는 그들의 모습을 지켜보면서 우리나라도… 하는 부러움에 휩싸였던 기억이 생생하며 그 부러움은 아직도 변함이 없다.

한국인 50대 사망률 세계최고, 언제까지 이 부끄러운 서열 1위를 고수할지 모르겠지만, 단적으로 우리의 건강상태를 대변하는 기록일 것이다. 문화와 관습의 차이, 사회환경의 차이도 어느 정도 작용을 하겠지만 우리 한국인처럼 운동량이 부족한 사회도 드물 것이다. 학교다닐 때 체육시간 그리고 졸업 후 사회인이 되고 나면 운동하고는 담을 쌓고 지내게 된다. 평화의 댐처럼, 콘크리트를 친 아주 튼튼하고도 높은 담을 말이다.

개중에는 자신의 건강과 인격 수련을 위해 꾸준히 운동을 하는 사람도 있겠지만 극히 일부일 것이다. 건강을 위하여 우리 한국인들이 하는 노력이란 게 대부분 근무시간에 땡땡이 까면서 사우나니 한증막이니 하는 곳에서 땀이나 흘리고, 아니면 몸에 좋다는 보신, 강장제 복용이 주를 이룬다.

보신탕으로 시작해서 뱀 까마귀 물개 등 이름도 잘 모르는 것들을 건강을 위해서 사랑하는 마누라를 위해서라는 미묘한 명분 아래 국내는 물론 해외진출도 불사하며 달러 낭비와 더불어 나라 망신까지 시키며 어글리 코리언을 자처했던 게 바로 엊그제 일이다.

나는 지금도 그렇지만 앞으로도 하루 세끼 규칙적인 식사에 규칙적인 운동량이 이 세상 최고의 보약이자 건강할 수 있는 최고의 방법이라 생각한다. 우리나라도 대학에 사회체육학과가 신설되면서 한때 사회체육에 대한 관심이 고조되던 시기가 있었다. 하지만 한국인 특유의 기질상, 아니면 국화 무궁화의 영향때문인지 금세 달아오르고 또한 금세 식어버리는 좋지못한 냄비습성 때문인지 지금까지 한국의 사회체육이 활성화되었다는 소식은 접할 기회가 없었다.

내가 운동을 좋아해서가 아니라, 나는 사회체육의 필요성, 운동의 중요성을 항상 염원한다. 내가 만약 먼훗날 정치인이 된다면 사회 체육의 활성화를 공약으로 내걸고 부르짖으며 한표를 부탁할 것이다.

미국인 사회를 잠시 엿보자. 일반인 직장인들 일주일 평균 최소 두번이상 건강을 위하여 규칙적인 운동을 한다는 여론조사 자료가 있다. 더불어 미국의 사회체육, 지역 체육 프로그램들이 기가 막힐 정도로 잘 뿌리를 내리고 있다. 그들은 계절별로 사회체육 프로그램이 다양하며 잘 운영되고 있다. 소프트볼·축구·농구·배구·단거리마라톤 등 운동은 그들의 분신이자 생활의 일부이다.

가끔 술자리에서 사회체육을 소재로 이야기를 하다보면 대다수의 사람들이 우리네 한국 사회는 시설이 부족해서, 시간이 없어서… 라는 이야기를 하며 사회체육 활성화에 부정적인 시각이 주를 이루고 있다. 하지만 나는 전혀 그렇치 않다고 생각한다.

미국처럼 잔디구장이나 실내체육관 등 시설면에선 떨어지지만 각 동단위 또는 직장단위로 주변의 학교시설을 잘 활용하면 우리네 사회에도 사회체육의 지역체육의 뿌리를 튼튼히 내릴 수 있다고 본다. 퇴근 후 또는 주중에는 각기 직장 생활의 불균형으로 인하여 힘들겠지만 주말을 이용해서 축구·소프트볼·배구·농구 리그 등을 지역또는 동 단위로 개최해서 잘 활용하면 운동을 통한 사회 전체의 파급효과는 대단하리라 믿어 의심치 않는다.

직장인들은 그만큼 술을 덜 먹게 되고, 운동을 통하여 체력증진, 직장생활 및 사회생활에서 발생되는 스트레스 해소, 주말 또는 주중의 아빠의 경기에 자식들이 응원을 하고, 자식의 경기를 보며 부모가 응원을 하면서 핵가족시대에 가족간의 대화의 부족도 해결할 수 있으리라 생각한다. 물론 자식의 탈선 예방도 할 수 있고 말이다. 더 나아가서는 이웃간의 정도 키우며 운동을 통하여 체력증진뿐만 아니라 인내심, 공동체 의식 등도 배울 수 있는 좋은 기회가 될 것임에 의심치 않는다.

아름답기로 소문난 이곳 시애틀에도 화창하였던 지난 여름내 다양한 스포츠 활동이 지역 단위로 잘 운영되었고 나 또한 이곳 교민사회 야구팀의 일원으로 건전하고 즐거운 여름을 보낼수 있었다. 또한, 운동경기에 식구들도 나들이나 소풍을 겸해 야외에 나와 이웃들과 또는 식구끼리 즐거운 한때를 보내며 정을 나누는 모습을 볼때마다 '우리 한국도 저랬으면… '하는 부러움과 희망에 휩싸이곤 하였다. 학교 운동선수로 활약하는 아이들 외에 일반학생들도 사회 및 지역이 마련한 체육프로그램을 통하여 어려서부터 운동을 통한 인내심과 단체활동의 장점을 배울 수 있고, 미처 발견치 못한 자신의 운동소질을 발견할 수 있는 좋은 기회가 될 것이다.

그래서 제2·제3의 박찬호·박세리·차범근 같은 세계적인 운동선수도 발굴되고, 나아가서는 국위선양도 할 수 있는 초석이 될 것이다. 여보세요! 행정기관에 있는 분들이여! 제발 사회체육에 관심을 갖고 추진 좀 합시다. 사회체육이 뿌리내리면 한두 가지 좋은 점이 있는 게 아니라구요!

자기 집 차고에서 고물파는 짠돌이들

지난 연말 달러가 한때 2천원에 육박하면서 IMF라는 굴욕적인 경제신탁 통치가 불행하게도 나의 사랑하는 조국 한국에서 시작되었고, 지금껏 태평양 건너 들려오는 소식들은 전부가 다 우울한 소식뿐이다. 실업률은 하늘높은 줄 모르게 올라가고 날이면 날마다 수많은 실직자가 거리로 쏟아져 나오는 조국 경제의 현실을 지켜보며 한숨짓는 그날이 하루빨리 조기에 수습되기를 기대해 본다. 요즘 한국에선 '아나바다' 운동이 한창 전개되고 있다고 한다. 얼마전 한국신문을 통해서 접한 기사는 알뜰시장, 벼룩시장에 사회 저명인사나 연예인 등이 평소 쓰던 물건 들을 기증해 '아나바나' 운동을 더욱더 확대해 나간다는 소식과 더불어 많은 사람들의 호응을 얻었다는 것이었다.

진작에 이런 아끼고 나누고 바꾸고 다시 쓰는 운동이 전개되었던들 하는 아쉬움도 있었지만, '늦었다고 생각할 때가 가장 빠른 때이다'라고 어떤 참고서에 적혀 있던 명언을 되새기며 스스로 위로를 했었다. '원조' 이야기를 하게 되면 먼저 장충동 '원조 족발'이 생각이 나지만, '아나바다'의 원조는 바로 미국인들이 아닐까 하는 생각이 든다.

주한 미8군에서 근무할 때 처음 목격을 하였고, 지난 5년간의 미국생활을 통하여 지겹도록 일상생활 주변에서 목격하게 되는 것이 주말이 되면 여기 저기 길거리에, 또는 신문 한구석에 붙은 'GARAGE SALE' 또는 'MOVING SALE' 안내광고이다. 학교게시판 또는 한국의 벼룩신문이나 교차로 같은 생활정보지 에도 언제나 '아나바나'의 원조격인 'GARAGE SALE' 'MOVING SALE' 또는 'TRADE'의 광고가 수북히 적혀있다. 'GARAGE SALE'은 말 그대로 차고장사이다. 집안에 필요없는 물건들을 자기집 앞마당이나 차고안에 진열을 해놓고 동네 여기 저기 또는 생활정보지나 신문에 광고를 낸다. 몇월며칠날 누구네 집에서 차고세일을 한다고 알린다. 'GARAGE SALE'에 가보면 온갖 잡동사니 물건들이 다 있다. 작아서 안 입는 옷, CD 또는 신발, 비디오테이프, 장난감 등 각종 잡동사니가 진열되어 또 다른 주인을 기다리게 된다.

'MOVING SALE'도 이름만 틀리지 성격은 비슷하다. 이사를 하면서 필요없게 되버린 각종 생활용품을 정리하여 필요한 이웃에게 싼값에 팔아서 재활용 하자는 취지이다.

맨처음 미국인들의 이러한 면을 목격했을 때 잘 사는 아이들이 너무 한다. 또는 심하다라는 생각을 했지만 지금은 그렇치 않다. 나 또한 이제는 GARAGE SALE 또는 MOVING SALE을 자주 이용하게 되었다. 아껴 쓴다는 것은 절대 흉이 될 수 없다는 인식이 나의 뇌리에도 이제는 자리를 잡았다는 이야기이다.

좁은 한국의 주택 구조상 GARAGE SALE같은 형식의 아나바다 운동은 못하겠지만 지역단위로 한달에 한번 또는 두번, 정기적으로 지역학교 운동장을 이용한다든지 하는 방법으로 벼룩 시장, 알뜰시장을 IMF기간뿐만 아니라 IMF조기 졸업 후에도 꾸준히 지속해 나간다면 재활용으로 얻게 되는 경제적인 수입과 이것을 보고, 겪고 자라나는 아이들의 교육효과 또한 대단하리라 믿는다.

IMF, 비록 지금은 우리가 피부로 느끼는 상처가 너무나 골이 깊다고 할 수 있지만 이것을 좋은 기회로 삼아 우리의 잘못된 관습이나 구태의연한 생활의 자세를 개선할 수 있다면 훗날 역사는 IMF를 굴욕적인 것이 아니라 위대하게 평가해 줄 것이다.

"우편배달부는 차를 몰고 다닌다"

미국이란 선진국에 살면서 우리와는 다른 여러 가지 사회제도가 삶의 질을 높여주는 현장을 자주 목격하며 때로는 직접 경험하면서 살게 되었다. 그중 대표적인 것이 우편제도라 할 수 있다.

지난 5년간의 미국생활에서 나는 두개주를 옮겨 다녔고 이사는 통틀어 다섯번을 하였으나 이사로 인하여 우편물이 분실되거나, 받아보지 못하는 불상사는 한번도 겪어보지 못했다.

미국에선 이사를 할 경우 친지나 친구 또는 자신에게 정기적으로 보내지는 우편물에 이사갈 주소를 사전에 통보하지 못했을 경우 자신이 거주하는 우체국에 찾아가 이사갈 새주소를 간단히 신고하면 최소 1년간은 자신의 옛 주소로 배달되는 어떠한 우편물도 새주소로 배달이 되게끔 되어 있다.

아울러 국제우편이나 국내우편물 등 간단한 편지종류는 한국과는 달리 일일이 무게를 달고 보내지 않고 적당한 가격의 우표만 붙인 채 집앞 우체함, 아파트같은 경우는 단체 우체함에 집어넣으면 우체부가 알아서 다 처리해 준다. 그리고 소포나 DHL 또는 UPS로 통용되는 속달 우편물을 붙일 경우만 직접 우체국에 가면 된다.

땅덩이가 워낙 넓어서 그렇겠지만 우편물을 배달하는 집배원의 경우 일일이 걸어서 배달하는 경우는 없다. 집배원에게는 차량이 배당되어 다들 편하게 차를 몰고 다니며 우편물을 수거하고 배달을 하게 된다.

한국에서 지낼 때, 한여름 무거운 우편물 가방을 메고 가파른 산길을 일일이 걸어 배달하는 집배원아저씨들을 바라보며 안쓰러워했던 기억이 난다. 걸어서 일일이 배달하는 육체적 고통도 힘들지만 도시계획이 마치 미친 년 널뛰듯 마음대로 되어 있는 우리나라에서 산동네 같은 경우 주소로만 집을 찾는다는 게 한마디로 뼈 빠지게 힘들다는 사실은 한국사람이면 누구나 다 이해할 수 있을것이다.

그래서 나는 그때부터 지금껏 한국에 우편물을 띄울때는 항상 겉봉 제일 아래에 '우체부 아저씨 감사합니다'라는 작은 문구로 그분들의 노고에 감사하는 메시지를 적곤 한다.

우편제도와 집배원의 경우를 예로 들었지만 이것 말고도 환경미화에 힘쓰는 환경미화원 등 이곳 미국에선 육체적인 노동을 하는 노동자들이 안정된 삶을 살 수 있도록, 그리고 이왕이면 다홍치마라고 육체적인 노동을 조금이나마 편하고 안전하게 할 수 있도록 많은 지원과 정책이 뒷받침되고 있다. 그래서인지 한인동포뿐만 아니라 미국의 많은 이민자들이 비교적 손쉽게 들어가서 좋은 대우를 받을 수 있는 공무원 직업인 우체국이 많은 인기를 얻고 있다.

나는 민주주의가 어떻고 사회주의니 자본주의니 따위의 정의에 대해서 거창하고 장황하게 늘어놓고 싶은 생각은 없다. 겉치레적인 그런 정의나 논리따위엔 관심조차 없다. 단지 신성한 노동의 땀방울이 귀중한 결실의 열매를 맺을 수 있는 사회, 노동이란 땀방울이 정당한 대가를 받을 수 있는 사회가 우리나라에서도 이루어지기만을 간절히 바랄 뿐이다.

　가끔 우리 부모님도 미국에서 살았다면? 이란 가정을 해보곤 했다. 나의 아버지도 신성한 노동의 땀방울로 한평생을 살아오신 자랑스런 분이기에 말이다. 아마 운명의 장난이 없는 한 우리 아버지께서 미국에서 사셨다면 지금쯤 큰부자가 되어 있을 것이다.

　지금은 IMF로 인해 기피 업종인 3D관련 업종의 직업도 없어서 못한다지만, 부디 어머니의 따사로운 사랑과 아버님의 너털웃음이 배어 있는 나의 조국 한국에서도 좀더 합리적이고 실용적인 사회구조와 더불어 노동이란 신성한 땀방울을 흘리는 많은 노동자계급이 그에 걸맞은 대우를 받으며 안락한 삶을 영위할 수 있는 살기좋은 나라가 하루 빨리 이루어지길 간절히 바랄 뿐이다.

입던 옷도 바꿔주는 미국의 상술

주한 미8군에서 직장생활을 하던 중 남보다 늦은 나이에 미국 유학을 하기로 결심한 후 현지에서의 시행착오를 줄이기 위해 틈만 나면 코큰 친구들에게 미국생활에서 조심해야 할 일들과 우리와는 다른 그들의 문화와 관습 등에 관해 수사관처럼 집요하게 추궁을 하였었다.

그중 가장 나의 귀가 솔깃했던 대목은 미국에서 무슨 물건을 구입하던지 항상 영수증을 보관할 것이며, 영수증이 있는 한 그 물건이 마음에 안들거나 필요치 않으면 이미 포장을 뜯거나 몇번 사용했더라도 교환이나 환불이 가능하다는 이야기였다.

미국에 도착해 처음 며칠은 시차 적응과 모든 것이 낯설기만한 신세계에 적응하느라 시간이 말 그대로 후닥닥 지나갔다. 점차 정신을 차린 후 미국생활에서 필요한 생활용품을 구입해 나가며 한국에서 들었던 미국 친구들의 조언이 생각나기 시작했고 슬슬 나의 장난기도 발동을 했다.

진짜 그 말이 사실일까? 하는 의문이 생기며 한국에서의 기억들이 교차했다. 일단 포장을 뜯으면 전혀 반품이나 환불이 되지 않던 우리 상인들의 배짱, 설상 포장을 뜯지 않았더라도 한번 구입한 물건의 환불을 요구하면 화장실에서 고구마 찌다 말고 나온 사람의 얼굴처럼 구겨진 인상의 상점주인들의 모습 등……

　가진 건 감자 두쪽에 내 머리만큼이나 두둑한 배짱 하나로 살아온 나이기에 일단 쇼핑에 들어가서 내가 필요치도 않은 물건들을 무조건 사기 시작했다. 물론 영수증은 잘 챙기며 말이다. 쇼핑을 마치고 집에 돌아와 박스나 포장을 무조건 뜯어 젖히고 옷들을 입어보고 가전제품이나 스포츠용품 등은 무조건 써보았다. 그리고 일주일 후 나는 그날 구입했던 물건을 몽땅 싸들고 그것들을 구입했던 상점으로 다시 찾아가 얼굴에 철판을 깔고 웃으며, 이건 마음에 안들고 저건 생각해 보니까 내게 필요치 않고 구구절절 이유 같지 않은 이유를 노점상 자판에 늘어놓듯 늘어놓으며 전액 환불을 요구했다.

　반신반의하던 나의 생각은 이게 웬걸, 한국에서 나의 집요하고도 귀찮은 질문 등을 성심 성의껏 답해 주었던 친구들의 말이 모두 현실로 나타났다. 상점 점원은 고구마를 잘찌고 나온 사람의 얼굴처럼 아주 밝게 웃으며 그 물건들을 모두 현금으로 바꾸어 주며 나에게 ‘미안하다’라는 말까지 잊지 않고 했다.

　그 당시 나의 감정은 참으로 묘했다. 똑같이 둥근 땅덩어리에 살면서 먹으면 싸야하고, 졸리면 자야 하고, 배고프면 먹어야 하는 인간들이 어떻게 이렇게 다르게 생활할 수 있을까? 하며 우리와 다른 그들의 모습을 현장에서 체험하며 상당히 나쁜 머리에 많은 교훈을 심어주었던 계기가 되었다.

　그날 이후 만 5년이란 시간을 미국이란 땅덩어리 위에 흘려보내며 살아왔지만 언제나 내가 산 물건이 마음에 들지 않거나 구입한 후에 생각해 보니까 별 필요가 없어서 다시 들고가면 항상 반품이나 전액 환불이 되는 미국의 ‘소비자는 왕이다’라는 제도는 세월이 흘렀지만 변하지 않는 어머니의 된장찌개 맛처럼 언제나 꾸준하였다. 이런 좋은 제도를 악용해서 그동안 가전제품이나 의류등 신제품이 나오면 무조건 구입해서 사용하다 다시 들고가서 환불을 요구했던 지난날의 나의 과오가 이제는 두꺼비 두어마리 잡은 후 얼굴에 생기가 돌 듯 생각해보니 나의 얼굴이 빨갛게 달아 오르는 것 같다.

미국사회에서 '소비자는 왕이다.'라는 말을 입증해주는 것은 'SATISFACTION GUARANTEED'(제품만족 보장제도)로 불리는 환불제도만이 아니다.

내가 A라는 상점에서 한 보름전에 구입한 물건을 B라는 상점에서 더 싸게 팔고 있으면 상당히 배가 아프게 된다. 그럴 경우 B상점의 선전이나 그 물건의 가격표를 들고 A라는 상점에 내가 구입했던 물건의 영수증을 함께 늘고가면 차액을 돌려받을 수도 있다.

보통 'PRICE MATCHING PERIOD'(구매가격 보장제도)라고 해서 구입한 날로부터 한달 내에 이 제도를 이용할 수 있게 된다. 더불어 'FREE TRIAL PERIOD'(제품 무상이용 기간)라고 해서 제품을 가져다 먼저 써보고 마음에 들면 30일에서 90일이내로 그때 가서 돈을 지불하고 그렇지 않을 경우는 물건만 다시 되돌려주면 된다.

이렇듯 소비자를 위하는 제도가 있어서인지 미국에서 쇼핑을 할 때는 별 부담이 없게 된다. 일단 구입해도 마음에 안들 경우 책이나 CD 비디오 테이프 같은 복사 가능한 제품 등을 제외하곤 거의 모든 물건들이 반품이나 환불제도의 혜택을 받을 수 있기 때문이다.(보통 한달 또는 두달이내에 입던 옷도 가능)

그래서 기업들은 반품률을 줄이기 위해 더욱 더 기술개발에 박차를 가하며 소비자의 의견에 귀를 기울이게 되므로 경쟁력있는 기업이 될 수있다고 본다. 비단 이러한 환불이나 구매가격보장제도 뿐만 아니라 어느가게나 어느 상점, 또는 식당이나 호텔 등을 가더라도 모든 종업원들의 웃는 얼굴과 친절한 서비스를 받을 수 있는 나라가 바로 미국이다.

한국에 있을 때도 경험했고, 지금도 가끔 친구들과 국제전화를 통하여 이야기 할때면 아직도 한국에선 호텔에 출입할 때 비싼 중형차가 없으면 차라리 택시를 타고 가야 한다는 친구들의 이야기를 들을 때면 언제나 사람의 외모나 차림새로 대접을 받는 우리 사회의 고질적인 싸가지가 언제쯤 잘려 나갈까 심히 열을 받게 된다.

누구나 한번 사는 것이 우리네 인생이다. 또한 우리가 이루어 놓은 사회와 환경에서 우리의 후손들이 더불어 살게 된다. 이왕 사는 것, 사람답게 살 수 있는 세상을 만들어 보자. 소비자가 왕이 될 수 있는 나라, 노력하는 사람앞에는 불가능한 일은 없다는 나의 삶의 철학이 사랑하는 나의 조국에서도 꼭 이루어지길 저물어가는 석양의 털갈이를 바라보며 절실히 기원해 본다.

11월 넷째 주에 벌어지는 가족 대이동

한국 최대의 명절 중의 하나가 추석이다. 한국사람 중에 흙의 자손이 아닌 사람이 아무도 없듯이 추석행 열차나 비행기 등의 교통예매가 시작되면 기차역에서 신문지나 돗자리를 펴고 장사진을 치는 모습이 추석의 중요성과 우리 한국인에게 추석이 일마만큼 중요한 명절인지를 대변해 주고 있다.

최인호씨의 '가족'이란 소설을 들먹거리지 않더라도 가족의 중요성 가족의 편안함은 우리 모두가 인생을 살아가며 절실히 느끼게 된다. 어른을 공경하며 아랫 사람을 사랑하는 우리의 아름다운 문화, 노부모를 모시고 살던 우리의 아름다운 가족관이 시간이 가면 갈수록 아름다운 우리의 전통적인 문화와 고유의 풍습이 점차 빛바랜 사진처럼 그 아름답던 색이 바래져 가는 것 같아 아쉽기 짝이 없다.

우리는 흔히들 코가 커서 코딱지도 큰 미국인들의 겉모습과 핵가족화 되어있는 그들의 외형적인 가족문화를 들먹이며 우리 사회의 핵가족화를 정당화하는 경우를 종종 보게 된다.

노래방에 가면 흔히 부르는 애창곡 중 하나인 '낭랑 18세'란 노래의 제목처럼 미국 아이들은 18세를 전후해서 자립을 하게 되는 경우가 많다. 그리고 출가한 자식과 함께 사는 부모들도 거의 없다고 할 수 있다. 하지만 외형적인 그들의 모습만으로 우리가 더욱 더 가족적이라고 말할수 없을 것이다. 이런 결론을 얻게 되는데 소요된 시간이 5년이란 세월이 걸렸다.

나 또한 성인이 되어서 자립하는 미국아이들, 그리고 부모를 안 모시고 사는 미국 아이들을 동경하며 그 외형 자체가 미국인들의 가족 문화인지 알고 있었다.

11월 넷째주 목요일. 이날은 미국인들의 추석이자 칠면조들의 대수난의 날인 'THANKSGIVING DAY'(추수 감사절)이다. 자본주의의 대명사이자 자유시장 경쟁체제의 선봉장인 미국사회는 똑같은 물건을 어떻게 사느냐의 방법에 따라 가격이 천차만별이다. 비행기표도 언제 어떻게 구입하느냐에 따라서 똑같은 목적지의 비행기표 가격이 천차만별이 된다.

미국에서 11월 넷째주와 크리스마스를 위한 비행기표를 구입하려면 최소한 6개월전부터 예매를 해야 된다. 우리 사회의 서울역이나 영등포역 광장의 장사진을 치고 있는 외형적인 모습과는 다르지만 미국사회에서도 그리운 가족들을 만나는 일년 중 가장 중요한 추수절과 크리스마스표를 구입하는데 있어서는 남보다 부지런을 떨지 않으면 다음해를 기약하며 그리움을 삭혀야 한다.

필자도 미국생활을 5년간 하면서 가장 가족의 그리움이 부산 해운대 바닷가 파도처럼 물밀 듯 밀려들 때가 바로, 미국인들의 추석인 'THANKSGIVING DAY'와 크리스마스였다. 우리가 흔히들 미국인들의 핵가족화되어 있는 그들의 외형적인 가족문화만으로 그리고 개인 이기적인 그들의 한 삶의 방식만으로 그들을 판단했기에 나 또한 미국인들의 추석과 크리스마스가 다가온들 별 걱정을 하지 않았었다.

하지만 곁에서 보았던 미국인과 실제로 그들 생활속에서 바라

본 미국인들의 가족문화는 우리네의 가족문화보다 더 끈끈하고 사랑스런 모습을 지니고 있었다. 아무리 멀리 떨어져 있어도 미국의 추석인 추수감사절엔 온가족이 다 모인다. 그리고 우리네 송편 같은 추석 전통음식인 칠면조를 뜯으며 떨어져 살면서 쌓아 놓았던 가족에 대한 그리움을 장작불 태우듯 태워 없앤다.

크리스마스는 또 어떠한가? 미국인 중 많은 사람들이 크리스마스를 위하여 은행에 따로 구좌를 가지고 있을 만큼 그들의 크리스마스 문화도 참으로 가족 중심적이다. 부모 자식들만 아니라 사촌에 팔촌까지도 챙기며 우리의 선물 개념처럼 푸짐하고 비싼 것이 아닌 가족의 따뜻한 사랑이 담긴 작지만 정성스런 선물들을 쥰비해 크리스마스 트리밑에 모아놓고 크리스마스 아침이 되면 온식구들이 트리 앞에 모여서 선물을 개봉하며 또 다른 식구의 사랑과 정을 듬뿍 나누게 된다.

또한, 크리스마스 전야도 우리 사회와는 대조적으로 오붓하게 식구들 끼리 모여앉아 정답고 단란하게 보낸다. 비단 미국의 추석인 추수감사절과 크리스마스를 언급하지 않더라도 미국인들의 삶의 방식은 참으로 가정적이다. 단지 우리네 고유전통이자 관습인 부모를 모시지는 않더라도 가족을 사랑하고 아끼는 그들의 마음은 우리네 가족문화에 결코 뒤지지 않는다.

처음 미시간으로 유학하여 미8군에서 사귀었던 친구의 집에 머물며 그 친구의 할아버지와 할머니를 만나게 되었다. 나의 할아버지 할머니는 내가 어린 나이에 다들 돌아가셨기에 항상 할아버지와 할머니의 정이 그리웠던 터라 그들 앞에서 재롱도 떨고 때로는 동방 예의지국의 후손답게 안마도 해드리고, 할아버지 할머니댁의 잔디도 깎아주며, 비록 코딱지의 크기는 다르지만 한 식구처럼 정을 쌓았었다.

우리나라도 갈수록 누구의 보증을 서준다는 것이 위험한 일로 부각되고 있지만 미국사회는 더욱더 심하다. 그런데도 이 할아버지 할머니는 내가 맨처음 미국생활을 할 때 미국사회에서 전혀 신용(CREDIT)이 없는 관계로 자동차구입을 비롯한 여러 가지 경제적인 면에서 어려움을 겪자 보증을 서주었고, 내가 미시간을 떠나서 지금 현재 시애틀에 머물고 있는 5년간 매번 크리스마스나 추수감사절때 나에게 카드를 보내주셨다.

또한, 미국인들은 크리스마스때 집에서 직접 쿠키를 만들게 되는데 매번 크리스마스때 손수 만드신 쿠키와 더불어 자그마한 정성이 담긴 선물을 나에게 보내어 눈시울을 뜨겁게 적시게 했고, 덤으로 저 하늘을 바라보며 '할므니!'를 외치게 만들었던 적이 한두 번이 아니었다.

우리네 가족문화를 한번쯤 신중히 되돌아볼 필요가 있을 듯싶다. 한국의 크리스마스는 가족과 정답게 지내는 것이 아니라 술의 축제일인 것처럼 부어라 마셔라로 연상된다. 유흥업소는 평소보다 두배의 가격을 매기지만 그많은 유흥업소들이 다들 초만원 사례를 이룬다.

크리스마스뿐만이 아니라 평소의 가족문화는 또 어떠한가? 아버지는 항상 바쁘다. 때로는 일주일에 몇번 얼굴보기도 힘들다. 어머니는 공부만을 외치는 웅변가다. 자식들은 입시와 공부를 부르짖으며 항상 따로 돈다. 가족끼리 모두 모여앉아 정답게 식사를 하며 대화를 나눌 수 있는 가족의 진정한 사랑과 정을 느끼는 모습이 점점 한국사회에서는 사라져가고 있는 것 같다.

한국인으로 태어났다는 것에 대하여 가슴 뿌듯함을 느끼는 경우가 종종 있지만 가장 가슴 뿌듯할 때는 역시 부모님의 헌신적인 사랑을 느낄 때이다. 이 지구상의 그 어느 나라 부모도 한국

부모들처럼 자신의 인생을 모두 자식들을 위해 헌신적으로 사시는 분들이 없다고 나는 강력하게 외칠 수 있다.

하지만 동방예의지국을 자랑으로 삼고 살던 우리네 아름다운 사회의 모습이 지금은 어떠한지 심각하게 돌아볼 필요가 있다. 노부모를 길거리에 버리는 현대판 고려장을 행하는 구더기같은 인간이 있는가 하면 부모의 유산을 받기 위해 살인을 저지르는, 인간이기를 거부하는 쓰레기도 있고, 부모의 재산을 노려 거짓 효도를 일삼고 부모의 재산이 자신의 손아귀에 들어오면 거들떠보지도 않는 인간들을 우리는 심심찮게 신문 사회면을 통해 보게 된다.

버스나 전철 등 대중교통 수단을 이용하며 노약자에게 자리를 양보하는 우리의 아름다운 미풍양속도 갈수록 사라져가는 것을 느낄 때면 적잖은 아쉬움을 갖게 된다. 노인의 무거운 짐을 들어주는 사람이 '양심 냉장고'를 받으며 사회의 주목을 받는 모습이 바로 우리네 사회의 현주소인 것이다.

늙는다는 것, 그 자체만으로도 서러운 일이다. 자식들을 위하여 평생을 헌신적으로 보내신 부모님들을 우리는 진정으로 사랑하고 이해해야 한다. 비록 갈수록 핵가족화되어 가기에 곁에 모시고 살지는 못할지언정 진정한 사랑을 따뜻한 가족의 정을 느낄 수 있게끔 우리 젊은이들은 노력해야 할 것이다.

아무리 서양의 문화와 생활방식이 간편하고 좋다고 한들, 우리의 고유한 그리고 전통적인 아름다운 문화유산과 관습 등은 세월이 아무리 흐르고 사회가 아무리 변한들 지킬 줄 알아야 한다. 그것이 진정한 자존심이자 전세계에서 우리만이 지닐 수 있는 진정한 우리의 문화인 것이다. 인디언과의 땅따먹기 전쟁에서 승리한 후 거대한 대륙에 미국이란 역사책을 써내려간 지 이제 겨우2

백년밖엔 되지 않는 미국, 5천년이란 역사를 지닌 크나큰 형님뻘 되는 우리나라와는 많은 대비를 이룬다.

하지만 우리가 그들보다 못한 가족문화를 일궈 나간다면 우리의 조상님들께선 분명히 서러워 하실 것이다. 짬뽕을 시켰는데 자장면을 받았을 때와 같은 모습으로 말이다. 젊은이들이여! 우리도 언젠가는 반드시 늙는다는 사실을 잊지 말자.

한국의 언론은 새로 태어나야

　김영삼대통령 정권이 군화에 의한 무력의 정권으로 표현되는 군부정치 30년에 마침표를 찍게 한 문민정부의 대출발이었다면, '준비된 대통령' '국민에 의한 국민의 정부'로 표현되는 이번 김대중대통령 정부는 명실공히 기성세대의 집권 50년 역사를 뒤집기 한판으로 엎어보려는 문민정부 제2라운드가 될 것으로 보인다.

　여당의 정치보복이 없을 것이라는 공언과 함께 많은 구시대 인물들이 또 다시 내각에 입성하는 상황이라 할지라도 어떠한 모습이 될지는 아직 장담할 수 없지만 '준비된 대통령' '국민에 의한 정부'로 표현되는 김대중대통령 정부는 우리나라 사회의 많은 부분이 뒤바뀔 수밖에 없으리라는 대세의 흐름인 것만은 거절할 수 없는 듯싶다.

　IMF로 불리는 경제 신탁통치로 인하여 하늘높은 줄 모르고 자꾸만 기어올라가는 엄청난 실업률, 그것이 만들어낸 수많은 국민들의 민생고 걱정, 이로인하여 재벌기업의 군살빼기, 공무원 사회 등 한국사회전반이 이번 IMF로 인해 새로운 모습으로 태어나고자, 아니 태어나야만 하기에 저마다 분주히 움직이며 새모습으로 부활하고자 노력하고 있다.

　그런데도 불행하게도 안 바뀌는 곳이 있다면 바로 권력따라 몸체가 함께 바뀌는 검찰과 언론이다. 검찰은 어찌되었던 간에 국민의 세금을 먹고 사는 공무원이고 정부기관이다. 그렇기에 공정성 여부가 어떻고 사회정의를 어떻게 꾸려나가건 간에 기본적으로 상의하달의 종적인 지휘조직 체계속에서 움직일 수밖에 없는 속성을 지니고 있다.

그러나 언론사들은 어떠한가? 우리나라의 언론은 그 속성처럼 이소룡의 쌍절곤만큼이나 변화무쌍하고 자유자제로 변하며 돈이건 권력이건 힘있고 영향력있는 자들의 움직임에 따라서 모양이 변한다.

'국민에 의한 정부' 김대중대통령 시대의 막이 오름과 동시에 시작된 한국에 내로라 하는 언론들의 이른바 입에 침발린 아부경쟁은 실로 눈뜨고 보기에 눈이 부셔 선글래스를 찾게끔 만든다. '축복받은 출발'이라는 문구에서부터 '진정한 문민정부의 출발' '김대중대통령 그 이름은 눈물이었다.' '준비된 대통령 IMF 슬기롭게 대처'등 각 유력 언론사마다 경쟁사에게 질세라 나름대로의 돋보이기 경쟁에 날밤 새는 줄도 모르고 있다. 김대중대통령의 납치사건이 25년이 지나도록 한마디 말도 없던 그 많은 언론사들이 저마다 사설을 통하여 '진상을 밝혀야 한다'며 계란을 먹고 발성 연습을 하듯 목청을 높이고 있으며, 김대중대통령이 지니고 있는 장서 숫자까지 헤아리며 미국 제3대 대통령이자 미국 독립선언문을 기초한 토마스 제퍼슨 전대통령과도 비교를 하며 최고만들기에 전력투구를 하고 있다.

그런 반면에 얼마전까지만 하여도 떠받들던 구여당권을 반역자 세력처럼 몰아세우는가 하면 재등장한 구시대 인물들을 난국 극복을 위한 특공대인 것처럼 미화시키는 모습들이 난무하고 있다.

언론의 사명과 본분이 무엇이냐고? 교과서적인 개념의 정립은 잠시 뒷전에 미루어 놓더라도 언론이 권력에 견강부회하여 국민과 독자를 호도해선 안된다는 것만은 두번, 세번 이야기해도 지나치지 않을 것이다. 국민의 알권리를 보장하며, 진실을 알리고 건전한 비판과 사설을 통하여 사회정의를 추구해 나가는데 남다른 고뇌와 각별한 노력이 요구된다.

정부가 바뀌었다고, 발행인과 편집인만 바꾼다고 새롭게 태어나는 언론의 모습이라고는 할 수 없을 것이다. 한국언론이 새로운 모습으로 태어나려면 언론계 종사자들의 의식개혁이 먼저 이루어져야 한다고 한들, 고스톱판에서 3점 스톱을 알리듯 나에게 스톱하며 제재를 가할 사람이 없으리라 믿는다.

권력에 붙어다니며 권력기관 못지않은 '권위주의 의식'들에 젖어 있는 언론 종사자들의 의식이 약자의 편에 서서 일반 국민 서민을 옹호할 수 있는 '평등의식'으로 바뀌어야 한다. 재벌의 득세와 세습 경영주의, 기자실과 기자단의 취재편의를 빙자한 배타적 폐습, 사실 확인이나 검증절차를 거치지 않은 무분별한 발표문 게재 등 한국언론계가 지니고 있는 오랫동안 지속되어 온 관습적인 악행이 이제는 제거되어야 할 것이다.

정직의 뜻이 무엇이고 공정한 것이 무엇인지, 옳고 그른 것이 무엇인지 알면서도 행하지 않고 갖가지 변명과 구실로서 굴절과 곡필을 일삼는다면 이는 결코 진정한 지식인, 진정한 언론인이라고 말할 수 없을 것이다.

좋은 일에 같이 웃고 잘한 일에 박수를 보내는 것에 인색할 필요는 없다. 하지만 '국민에 의한 정부'로 통용되는 김대중대통령을 선두로 한 신정부를 향한 한국언론들의 일방통행식 형태는 지금까지 우리나라 언론들의 과오가 또다시 재연되는 듯한 인상을 받는 것 같다.

80년대 초, 시계가 9시를 알리는 땡을 치고 뉴스가 시작되면 매일 대통령의 모습으로 시작되던 소리를 그 '땡전 뉴스' 같은 아부성 보도에 열을 올리기 보다는 현재 진행중인 개혁이 성공하는 데 필요한 각계각층의 지식과 의견을 수렴하고 잘못된 가능성에 대한 우려와 비평, 그리고 그 스스로의 체질개혁을 위한 자성의 노력이 선행되어야 할 것이다.

그 옛날 우리의 식민역사가 무력에 의한 것이었다면 오늘의 식민지는 경제력에 의한 차이는 있겠으나 현재 우리나라의 시대적 상황은 구한말 갑오경장, 한일합방으로 이어지는 당시의 역사와 흡사하다 할 수 있을 것이다.

당시에도 지식인은 있었고, 할복자살하며 비분강개하는 선각자들이 분명 있었다. 문제는 이들 선각자나 지식인들이 의식을 조직적으로 현실화시켜 책임있는 행동으로 옮기는데 실패하고 대부분이 구태의연한 태도를 고집한 데서 전체 지식인으로서의 집단적인 무책임성과 오류를 범한 결과를 빚은 것이다.

정부의 개혁의지만큼이나 언론의 개혁 또한 많은 노력이 요구되는 때이다. 제자리걸음 속에 현재의 편안함에 안주하려는 안이한 생각을 떠나 현재의 의식수준을 한단계 뛰어넘는 각별한 의식개혁을 기대해 본다.

환경범죄 벌금 최고액이 942억원

　내가 살고 있는 시애틀 워싱턴주는 한국사람들에게도 잘 알려진 것이 많이 있는 동네이다. 우선 '시애틀의 잠못 이루는 밤'이라는 영화를 제일 먼저 손꼽을 수 있을 것이다. 또한 워싱턴주의 경제를 좌지우지하는, 항공사 에어 프랑스와 함께 세계 비행기산업의 양대 산맥인 보잉이 자리잡고 있다.

　록펠러 이후 최고의 갑부로 불리는 컴퓨터 업계의 황제인 빌게이츠회장의 마이크로 소프트사가 위치하고 있는 곳도 바로 이곳 시애틀 워싱턴주이다.(마이크로 소프트사의 본사는 레드먼드시이나 시애틀 바로 옆동네기에 시애틀로 지칭함)

　시애틀 워싱턴주는 이러한 외형적인 모습 이외에도 다른 주에 비해 범죄율이 낮고 생활환경이 좋은 관계로 미국내에서는 가장 살기좋은 도시로 지목될 만큼 많은 사람들의 선망의 도시가 된 지 오래이다.

　나 또한 이곳 시애틀에 살고 있는 것이 좋고, 이곳이 여러모로 마음에 든다. 위에 열거한 시애틀의 자랑거리 때문이 아니라 내가 시애틀을 개인적으로 좋아하는 이유는 자연환경이 너무나 아름답기 때문이다.

　미국의 각주는 저마다 특성에 따라 주를 지칭하는 애칭이 있는

데, 시애틀 워싱턴주의 애칭은 'EVER GREEN STATE'이다. 표현하자면 늘푸른 주라는 뜻이다.

타고 난 역마살과 사람 만나는 것을 좋아하는 성격때문에 집에서 새는 바가지 나가 안새냐는 우리 모친의 말씀처럼 나는 이곳 미국에 나만의 둥지를 튼 후 많은 곳을 돌아다녔다. 자동차를 이용해 미국이란 대륙을 횡단도 했었고, 한국에서 알고 지내던 미국인 친구들이 이곳 저곳에 흩어져 살기에 비행기표 한장만 달랑 들고 빈대작전으로 여기저기를 돌아다녔었다. 그리고 지금도 직업의 특성상 잦은 출장 관계로 인하여 이곳 저곳 미국의 웬만한 대도시는 거의 다 훑고 다녔었다.

'신이 축복을 준 나라'라는 말을 직접 경험하려면 미국 이곳 저곳을 자동차로 여행하다 보면 금방 가슴에 와닿게 된다. 달려도 달려도 끝도 없는 땅덩어리, 태초의 자연이 인간의 손길이 전혀 닿지 않은 채 보존되어 있는 환경 등은 미국의 국력만큼이나 나라의 크기와 모습도 일품이다. 어디를 가던지 숲과 산이 있고, 녹지 공간이 있어 사람들의 발걸음을 기다리고 있다.

하지만 이 넓은 대륙의 아름다운 자연경관이 아무런 노력없이 지금의 모습으로 유지되진 않았다. 다시 말하면 그만큼 사람들의 노력과 자연을 보호하자는 그들의 의지가 있었기에 미국이란 대륙의 아름다운 자연환경이 유지되고 있다는 이야기이다.

2~3개월마다 한반도 절반 크기의 땅이 사막으로 변해 가는 지구 사막화가 진행되고 있다고 한다. 남극의 빙산이 녹아 해수면이 상승하여 물이 우리의 생활터전을 위협하고 있고, 또 지구의 마지막 원시림인 아마존이 회복 불가능할 정도로 파괴되고 있다고 한다. 쉽게 이야기하면 우리 삶의 터전인 지구가 죽어가고 있다는 이야기이다.

나의 어렸을 적 기억을 살리면 우리나라는 동방예의지국이란 명칭 이외에도 자연경관이 아름답기로 유명했던 기억이 있다. 지금은 어떠한가? 이 질문에 대한 대답은 우리 스스로가 더 잘 알고 있을 것이다.

며칠전 인터넷으로 접한 고국의 기사 중에 팔당호 수질개선을 위한 특별종합대책이 마련되었다고 한다. 전에도 여러번 시도했지만 번번이, 오래가지 못해 유명무실해졌고, 또 다시 사회 수면 위로 불거져나온 이번 수질개선종합대책도 과연 얼마나 실효를 거둘지 개인적으론 의문을 갖게 된다.

IMF로 인하여 가뜩이나 사회전반에 걸쳐 어려운 상황에 엎친데 덮친 격으로 장마로 인하여 엄청난 수해라는 또다른 불행의 검은 그림자가 한국 사회를 뒤덮었다. 수해를 입은 사람들은 자신의 삶의 터전과 모든 것을 잃은 채 전전긍긍하고 있을 때 또다른 한곳에선 많은 강우량을 기회삼아 산업 폐기물을 불법으로 방류하다 검거된 악덕 기업주 사회면 기사는 또 다른 한국인의 양심을 접하게 된 것 같아 못내 씁쓸하기만 하다.

우리가 살고 있는 한반도 아무리 경제가 발전하고 국력이 신장된들 환경이 망가지고 오염된다면 현재의 우리뿐만 아니라 우리의 후손들이 살게 될 한반도는 다른 모습으로 우리에게 많은 고통을 안겨줄 것이다.

미국에 오래 살면서 가끔 한국을 다녀오는 사람들의 이야기가 김포공항에 내리는 그 순간부터 숨이 막힌다는 이야기를 자주 듣는다. 반대로 각기 다른 이유로 미국을 방문하시는 분들의 이야기는 공항에 내리는 순간부터 숨이 트인다는 이야기를 듣는다.

흰색의 옷을 입고 서울시내를 몇시간만 거닐면 금세 까맣게 된다는 이야기는 누구나 잘 아는 이야기일 것이다. 살수록 자꾸만 느끼게 되는 것이 이 세상에는 공짜가 없다는 사실이다. 무언가 얻고 싶으면 그만큼 그에 상응하는 노력이 동반되어야 한다는 평범한 진리를 느끼게 된다.

아름다운 자연환경과 쾌적한 살림환경은 누구나 바라고 원하는 것이다. 하지만 지금처럼 방치한다면 나의 사랑하는 조국의 아름답던 자연환경의 수명이 그리 오래 지속되지 못하리라 생각한다. 미국은 신이 축복한 나라라는 이야기가 딱 들어맞을 만큼 크고 아름다운 곳이지만 이 좋은 환경을 지키려는 그들의 노력은 우리가 배워야 한다는 나의 생각에는 아무런 변함이 없다.

넓은 대륙의 특성상 대도시 출·퇴근 시간을 제외하곤 그다지 교통의 혼잡을 못느끼고 사는 곳이 바로 미국이다. 그런데도 TV 공익광고에서는 자동차가 내뿜는 각종 공해가 우리의 삶의 터전과 자연을 파괴한다며 'CAR POOL'(자동차 함께 타기)운동을 전개하고 있다. 미국의 각종 국립공원 등 명산에서의 취사가 금지된 것은 오래전 이야기이다. 호수나 계곡 등에 수질이 조금만 이상하다 싶으면 금세 출입금지표지판을 붙이고 관계기관에서 출두하여 난리 법석을 떨며 자연 살리기를 시도한다.

지방 자치제를 오래전부터 실시해온 미국은 각주마다 법이 틀린다. 다른 주는 모르겠지만 이곳 시애틀 워싱턴주에서 고속도로 또는 달리는 차안에서 휴지나 오물 또는 담배꽁초를 버리다 적발되면 벌금이 130달러이다. 공원이나 야외에서 파티나 놀이가 끝나고 나면 자신들의 쓰레기를 알아서 치우고 가는 것은 이곳 사람들의 기본이다.

아직도 개발되지 않은 땅덩어리가 주위에 수두룩하며 한국과 비교할 때 엄청 좋은 공기와 자연환경이지만 이것을 지키고 더욱더 아름답게 보존하려는 이들의 노력은 과히 본받을 만한 게 아닐까 생각한다.

우리의 삶의 터전인 자연환경을 가꾸고 지키고자 개개인의 노력도 중요하지만 각종 산업폐기물을 방치하는 기업들도 그에 상응하는 벌을 받고 정신을 차려야 한다고 생각한다.

한국과 미국의 기업환경 범죄에 관한 형벌의 차이도 눈여겨 볼 만하다. 한국의 경우 산업폐기물 방치나 그에 따른 자연환경 파괴에 의한 범죄에 대한 형벌은 벌금형의 경우 액수가 적고, 기업의 입장에선 엄청난 돈을 들여 산업폐기물을 처리할 장비나 시설을 갖추기 보다는 벌금으로 때우려는 배째기식의 도덕성을 가진 기업가가 많다고 한다.

이런 미약한 법의 테두리때문에 한국에서는 기업환경범죄 방지효과가 미미하다고 한다. 한국의 환경범죄 처벌에 관한 특별 조치법에 따르면 벌금 최고액이 1억원이라고 한다. 이곳 미국의 경우는 최고 7천250만달러 한국돈으로 환산하면 약 942억 정도가 된다. 가까운 일본 같은 경우도 환경범죄의 경우 법인의 경우는 개인 부과금의 최고 100배까지 부과하는 것으로 알고 있다.

나는 자연환경 운동가는 아니다. 다만 우리가 현재 살고 있고 우리의 후손들이 더불어 살게 될 우리의 아름다운 조국의, 자연이 자그마한 우리의 노력과 관계기관의 세심한 주의와 배려로 조금더 아름답고 쾌적하게 보존되기를 바라는 평범한 시민이다.

돈과 물질은 영원할 수 없다. 하지만 우리가 살고 있는 자연은 우리의 관심과 노력여하에 따라 영원할 수 있는 것이다. 인간에 의해 병든 우리의 자연, 하지만 인간의 노력에 의해 회복될 수 있다는 사실을 잊지 말며 개개인뿐만 아니라 행정당국의 분발도 기대해 본다.

실용주의 그리고 합리주의

미국의 한 역사가는 자신의 나라인 미국을 일컬어 '지상의 모든 사람들을 끌어당기는 자석'이라고 표현했다. 이 사람의 적절한 표현처럼 미국이란 나라는 지난 300여년 동안 지구상에 존재하는 온갖 인종의 사람들을 지루박에서 한바퀴 턴하고 여자를 가슴쪽으로 끌어당기듯 끌어들였다. 백인종·흑인종·황인종 그리고 갈색인종 등 피부색깔을 막론하고 말이다.

한국에서 3년간 미국 국방부에서 지급하는 월급을 받으며 용산 미8군에서의 직장생활 그리고 지난 5년간의 미국 본토에서 이방인의 모습으로 미국인의 사회와 그들의 삶의 방식을 지켜보며 이 지구상의 온갖 종류의 사람들을 끌어들인 그 '자석'의 원동력은 다름 아닌 미국사회의 '실용주의' 그리고 '합리주의'라 생각한다. 그들의 실용주의 그리고 합리주의의 예를 한번 살펴보자.

※ 결혼예물 그리고 결혼방식 — 어느 사회든 호화생활을 지향하는 상류층은 있게 마련이다. 하지만 보통 대다수의 서민들(나는 미국 기혼세대들 중 결혼반지로 다이어반지를 끼고 있는 사람들을 많이 보지 못했다) 거의 대부분이 14K 혹은 18K의 금반지가 대부분이다.

그리고 미국사회에는 예식장이 우리 사회처럼 따로없다. 다들 주위의 교회를 이용하여 조촐하게 치르며 한국의 축의금처럼 현금보다는 자그마한 살림도구 선물을 주는 등 결혼식을 알뜰하게 치르게 된다.

※ 무덤 — 나는 지난 5년간 미국 생활의 여러가지 추억중 가장 먼저 떠오르는 게 있다면 미국인들도 많이 하지 않는 이 거대한 미국을 자동차를 이용해 횡단했다는 사실이다. 달려도 달려도 끝없는, 그래서 한없이 부러웠던 이 넓은 땅덩어리의 일부를 우리나라에 가져갈 수 있다면 한국에서 집없는 서러움을 겪는 수많은 세입자들의 고충을 해소할 수 있을 텐데… 하며 공상을 했던 그 기억이 가장 먼저 떠오른다.

이렇게 넓은 대륙이지만 미국엔 한국처럼 필요없이 많은 공간을 차지하는 무덤이 없다. 다들 공동묘지를 이용한다. 필요없이 무덤에 돈을 지출하며 공간을 차지하기보다는 시민들을 위한 녹지 공원이나 건강을 위한 운동장 건설 등 무엇이 우선인가를 잘 알고 있는 그들의 합리주의를 경험할 수 있었다.

※ 주유소 — 미국의 어느 주유소를 가건 거의 다 셀프서비스이다. 자신이 차에서 내려 필요한 만큼 스스로 기름을 넣고 돈을 지불한다. 불필요한 인원을 고용하며 거기에 지불되는 인건비만큼 손님에게 더 비싼 기름을 제공키보다는 손님이 자신의 비싼 거동으로 좀더 값싼 기름을, 그리고 주인은 인건비를 아낄 수 있는 역시 이런 점들이 미국인들의 실용주의가 아닐까 생각한다.

※ 의상 — 주한 미8군에서 직장생활을 할 때 나는 우리 사회에서 일하는 우리 형제처럼 아침마다 넥타이 하느라 쓸데없는 시간 낭비를 하지 않을 수 있어서 참 편리했다. 그리고 깨끗하게 평상복 차림으로 출근하여 일함으로써 시간절약과 몸의 활동성이 있어 일의 능률도 더 있었던 기억과 미국친구들이 길거리를 다니며

한국사회의 성인들은 거의 모두가 양복차림이냐며 나에게 궁금하게 물었던 기억도 있다.

지금도 미국은 의복에 그렇게 크게 구애받지 않는다. 세계 최대의 소프트웨어사인 시애틀에 위치한 마이크로 소프트사에서 일하는 후배가 여러 명 있는데, 이들도 직장에 출근할 때는 넥타이에 정장을 하지 않는다. 크게 눈에 띄지 않는 단정한 평상복 차림으로 출근을 한다. 직종에 상관없이 누구나 양복을 입으며 그렇지 않을 경우 외형의 모습으로 사람을 대우하는 우리 사회와는 또 다른 불필요한 격식을 차리지 않는 미국의 실용주의, 합리주의라 할 수 있다.

※ 자동차 시계 — 미국엔 많은 다른 민족들이 공생하지만 한국인처럼 거의 모두가 좋은 차 그리고 좋은 시계 등을 차고 다니는 민족도 드문 것 같다. 한국사회는 자동차라는 것이 교통수단이라고 보기보다는 그 사람의 재력을 과시하는 척도로 인식이 되어 있다고 해도 과언이 아닐 것이다.

미국인들에게 자동차는 그저 교통수단의 일부이다. 돈이 많아도 무조건 비싼 자동차, 고급시계를 남앞에 내보이며 우쭐해 하지 않는다. 그래서 돈이 많아도 싸구려 전자시계를 당당히 차고 다닐 수 있으며 털털거리는 자동차를 직접 손보아 가며 호텔에도 가고 또 그곳에 가면 반갑고 정중하게 맞어주는 그들 인생의 가치관을 보면서 우리처럼 무조건 그 사람의 외형으로 판단하기보다는 사람의 됨됨이로 판단하는 미국사회의 모습에서 또다른 합리주의와 실용주의를 느낄 수 있었다.

※ 술집 — 앞서 '음주 문화'에서 언급했듯이 미국 어느 술집이건 안주의 강요가 없다. 또한 돈많은 사람만이 가는 우리네 강남처럼 고급 요정도 따로없다.

※ 어린이날이 따로 없는 나라 — 미국에도 한국의 어버이날처럼 '어머니 날' 그리고 '아버지 날'이 따로 따로 있다. 그러나 우리사회처럼 '어린이 날'은 특별히 정해져 있지 않다. 자신들의 미래의 주역이 될 어린 꿈나무들은 언제나 아끼고 위하자는 취지에서 따로 정해져 있는 어린이 날이 없고, 항상 아이들을 우선시하며 그들을 위하는 미국사회, 무엇이 우선시되어야 하는 줄 아는 그들의 합리주의, 실용주의라 할 수 있다.

※ 화장 — 한국의 여성들은 여고만 졸업하면 너도 나도 화장에 한이 맺힌 사람들처럼 화장을 한다. 여성이 자신을 아름답게 꾸미는 일은 보기좋고 아름다운 것이다. 하지만 때와 장소를 가리지 못하고 동네 슈퍼 가는데도 화장, 학교에 공부하러 가는 학생들도 화장, 기타 등등 필요없는 시간과 화장품값은 경제의 낭비이다. 미국여성들만 화장을 많이 하면 피부에 안좋고 시간낭비에 돈 낭비인 줄 아는 것일까?

※ 입시학원이 따로없는 나라 — 한국의 학생들이 입시문제로 인해 자살을 하고 입시학원을 비싼 사교육비를 감수하며 다닌다는 이야기를 하면 미국인들은 이해하지 못한다. 아마 김국진처럼 'OH, MY GOD'을 외칠 것이다. 공부만이 아니더라도 노력하며 최선을 다할 때 또 다른 모습의 기회가 주어지는 사회, 그리고 사회란 모든 사람들이 저마다 다른 모습으로 함께 더불어 살아야 한다는 기본적인 원리가 이루어지는 그들 합리주의의 또 다른 모습이다.

※ 캐디가 없는 미국의 골프장 — 많은 미국교포들의 낙이라 하면 힘든 이민생활이지만 언제나 마음껏 골프를 칠 수 있다는 미국의 현실이다. 모든 운동이 대중화되어 있는 미국사회는 한국처럼 특권층만이 누릴 수 있도록 골프장을 비싼 회원권을 팔아가며

또는 특별히 필요없는 캐디를 고용하면서, 사회 계층간의 위화감을 조성하기보다는 운동은 누구나 즐길 수 있도록 대중화하는 모습에서 그들의 합리주의를 또다시 느낄 수 있다.

 ※ 추수감사절 ─ 미국도 일년 중 가장 많은 인구의 이동이 이루어지는 날이 바로 한국의 추석격인 추수 감사절이다. 가장 많은 인구가 이동하는 날이기에 이들은 몇월 며칠로 날을 못박아 놓치 않고 그냥 매년 11월 4째주 목요일로 정해 놓았다. 그래서 목요일부터 일요일까지 4일간을 연휴로 가족간의 충분한 정을 느낄 수 있는 시간을 갖게끔 말이다.

 우리나라는 음력과 양력을 동시에 사용해서 불가능할진 모르겠지만 추석처럼 수많은 인구의 이동이 이루어지는 날은 매년 쉬는 날이 들쭉날쭉하기보단 미국처럼 3박4일이면 3일 또는 4일로 정해져 있는 것이 더욱더 실용적이 아닐까? 생각해 본다.

 ※ 나이제한 ─ IMF로 인하여 수많은 젊은 인력들이 취업의 냄새도 못맡은 채 취업에 굶주려 가고 있다. 몇년후 경제가 회복될지언정 아마 이들은 또다른 난관에 부딪히고 말 것이다. 다름 아닌 취업시 나이제한이란 난관에 말이다. 미국이란 나라는 성인이 되면 어떠한 업종이나 직종의 일을 얻기 위해 원서를 제출할 때 그 직업에 걸맞는 교육정도나 경험의 요구는 있을지언정 나이제한은 없다. 누구에게나 공평한 기회를 주는 나라, 평등의 원칙을 지키고자 노력하는 그들의 사회상이 합리주의라 할 수 있을 것이다. 우리나라도 하루 빨리 '나이 제한'이란 악습을 철폐해야 할 것이다.

 ※ 장롱이 없는 나라 ─ 이사를 해본 사람은 누구나 알 것이다, 이사가 얼마나 귀찮고 번거로우며 힘든 일인지. 특히 한국사회에서 이사를 할 때 가장 신경 쓰이는 이삿짐 중에 하나가 바로 장

롱일 것이다. 살림살이중에서 비싼 항목 중 하나도 바로 장롱일
것이다. 미국에는 장롱이 없다. 개인주택이건 아파트건 말이다.
CLOSET으로 불리는 옷장겸 수납고가 주택이건 아파트건 실내에
이미 만들어져 있기에 장롱을 구입하는 불필요한 경비도 줄이며,
이사를 할 때도 그만큼 번거로움을 덜 수 있게 된다. 또 다른 미
국인들의 실용주의의 한 단면일 것이다.

컴퓨터 시대에도 마누라는 북어 신세

'매에는 장사가 없다'라는 이야기가 있다. 매이야기하면 나는 또다시 둘째가라면 서럽던 학창시절의 기억이 새록 새록 분식집 물만두 냄비 끓듯 기억이 난다.

하루라도 학교에서 매를 안맞고 교문을 나서는 날이면 왠지 불안하고 기분이 이상했던 기억이 있을 정도로 말이다. 쉽게 표현하자면 목욕탕에 가서 때를 안 밀고 나온 것 같거나, 마약 중독자가 마약이 떨어져 나타나는 긴장감 같은 금단 현상을 느끼곤 했다.

게다가 고교시절 그 많은 운동 중 하필이면 '복싱'이란 운동을 하며 체육 특기자로 생활을 했기에 '매'는 내 생활의 일부분이었다. 매에 관해서, 매의 종류에 관해서 책을 쓰라면 12권짜리 전집을 낼 자신도 있고, 저 하늘이 원고지요, 저 푸른 바닷물이 잉크라 해도 모자랄 정도로 매하고 나는 무지하게 사이가 좋았었다.

폭력의 일부로 지칭되는 매, 과연 그 누가 매를 맞고 기분이 좋은 사람이 있을까? 미친년 널뛰듯 널뛰다 널에서 떨어진, 아니면 삼복더위에 상한 동태마냥 약간 맛이 간 사람 빼놓고는 그 누구도 없을 것이다. 그러나 우리 주위에서는 각종 매질의 대부 격인 '폭력'이란 단어를 너무나 쉽게만 접할 수 있는 사회가 아닌가? 하는 생각을 해본다.

　오랜 일본 식민지의 생활로 인하여 일본의 잔재가 아직도 사회 곳곳에 남아 있어서일까? 얼차려로 불리는 군대 안에서의 폭력, 사랑의 매란 이름 아래 행해지는 선생님들의 체벌, 중・고등학교에서 선배들의 기합, 나아가서는 남존여비의 더러운 사상이 존재하는 이유같지 않은 이유로 인하여 가정 폭력의 대표격인 여성 구타, 자식 구타 등 나쁜 것인줄 알면서도 쉽사리 그 썩은 뿌리가 뽑히지 않는, 사회 구석구석에 여러가지 다른 모습으로 기생하고 있는 것이 바로 폭력일 것이다.

　어릴 때 자주는 아니지만 부부싸움에서 마누라를 북어 패듯이 패는 사람을 간혹 보았다. 주위의 만류나 신고로 경찰이 현장에 출동해도 우리의 썩어빠진 관습상 남의 집 부부 사생활이니 간섭할 수 없다며 그냥 지나쳐 버린다.

　그로부터 십수년이란 세월이 흘러 나도 이제는 성인이 되었고, 21세기란 시간을 400여일 앞두고 살고 있는 현대사회에서 아직도 맞고 사는 여성들이 있다는 기사는 우리 사회에서 흔하게 볼 수 있다. 사랑의 매, 가르침의 매로 표현되는 선생님들의 체벌, 많은 사람들이 이 문제에 대해서는 의견이 분분한 것 같다. 나 또한 개인적인 의견으로는 교육현장에서 약간의 체벌은 필요하다고 생각하는 쪽이다.

　하지만 처벌의 방법에는 반드시 넘어야 할 선과, 넘지 말아야 할 선이 분명히 필요하다고 본다. 학창시절 그렇게 무수히 선생님들에게 맞고 지냈던 나도 매를 맞고 난 후 '아, 내가 잘못해서 맞았구나! 잘 해야지!' 하며 체벌을 통한 교육의 효과를 느낀 적도 있는 반면, "너, 매냐? 나, 매 장사다, 때려봐, 더 때려!"하며 매에는 장사 없다는 이야기를 들어 메치기 한판으로 밀어내고 우리

나라 속담이나 격언사에 새로운 한 페이지를 장식하려던 오기가 생겼던 적도 있었다.

전자의 경우는 나의 잘못을 사랑 어린 말투로 지적을 하시고 나의 잘못을 인정하느냐고 학생의 인격을 존중한 후 엉덩이 등을 몽둥이로 맞았던 것이고, 후자의 경우는 전날밤 부부관계의 원만치 못했던(물론 가슴이야 쓰라리겠지만! 그리고 그 당시에는 비아그라도 없었기에…) 기억을 학생들에게 체벌을 가함으로써 풀어 버리려는 듯한 인상을 물씬 풍기는 자신의 주먹이나 손바닥 등으로 체벌을 가하는 경우이다.

나는 지금도 잊지 않고 연락을 드리는 은사중에 한분이 고등학교 1학년때 담임선생님이었던, 전종신선생님이다. 정말로 교육 현장에서 무서운 것은 폭력의 일부인 매가 아니고, 끈기와 사랑으로 빚어진 관심어린 훈계라는 사실을 이 선생님으로부터 느꼈고, 내가 가장 방황할 때 이 선생님의 진정한 교육으로 마음을 잡았기에 항상 연락을 드리며 앞으로도 사제의 관계를 더욱더 돈독케 할 것이다.

내 자신의 배짱과 오기, 그리고 그 당시 혈기가 다른 아이들보다 더 심해서인지는 몰라도 나는 감정적인 체벌을 하시는 선생님들에게는 가진 건 몸뚱아리밖에 없소! 하는 식으로 때릴수록 더 잘도는 팽이 마냥 말을 안듣고 삐딱하게 행동을 했었다. 앞서 이야기했듯, 고등학교 1학년때 담임선생님과 여타 진정한 체벌을 주도 하셨던 선생님들 시간에는 수업 분위기까지 내가 스스로 앞장서 선도하며 '안녕하시어요. 저는 이상희여요!' 하는 식의 사근사근한 학생의 모습이 되었었다.

직장생활을 하기 전 그리고 미국이란 나라에 오기 전부터 주위의 이야기나 드라마 등을 통해 미국에선 우리나라 같은 교육현장의 체벌이란 상상도 할 수 없고, 더 나아가 부모가 자기 자식에게도 체벌을 주지 못한다는 이야기를 익히 알고 있었다.

이민자들이 다른 문화환경의 차이로 인해 낭패를 겪는 여러 가지 모습 중 하나도 바로 부모의 자식 체벌, 그리고 부부싸움으로 인해 일어나는 가정폭력이다.

작년 연말, 운전을 하며 집으로 돌아가던 어느 날, 라디오에서 흘러나온 이야기는 말로만 듣던 미국내의 폭력과의 싸움이 어느 정도인지 새삼 실감케 해주었던 기억이 있다. 일년 중 가장 많은 쇼핑객이 몰리는 크리스마스 시즌이었는데 백화점에 아이 둘을 데리고 쇼핑을 하던 한 엄마가 계속된 주의에도 불구하고 누나를 괴롭히며 장난을 심하게 치는 아들의 얼굴을 한차례 때렸었다. 이것을 목격한 상점주인의 신고로 이 엄마는 'CHILD ABUSE' (아동 학대죄)로 입건이 되었고, 결국에는 꿈에도 그리던 집을 사기 위해 차곡차곡 모아두었던 2만달러란 거금을 보석금으로 낸 뒤 풀려나 재판을 기다린다는 이야기를 듣고는 'OH, MY GOD!' 을 외쳤던 기억이 있다.

주위에 가깝게 지내는 아는 형들 중에도 까마귀 고기의 과다 복용으로 바뀌어진 문화와 사회상을 잠시 망각한 채 부부싸움을 벌여 미국 유치장에서 콩밥 아닌 햄버거를 먹었던 경력을 가진 이들도 여럿 있다. 심한 경우도 아니고, 크게 폭력이 오고 간 것도 아닌데 주위 또는 이웃의 신고로 부부가 싸움하다가 잡혀간 경우들이다.

부부싸움에서 약간의 폭력이 발생되고, 한쪽 또는 이웃의 신고로 경찰이 출동하면 가해자는 피해자의 동의없이는 자신의 집이라도 일정기간 재판이 끝나기 전까지 집에도 못가는 경우가 미국 사회이다.

또한, 한번 가정폭력자로 찍히면 사회봉사활동뿐만 아니라 경우에 따른 차이는 있겠지만 생업에 지장이 있을 정도로 교육도 받아야 하고, 어떤 경우는 카운슬링도 받아야 할 정도로, 두번 다시 똑같은 일을 저지르지 못하도록 떡잎부터 잘라버린다. 이 정도 이야기하면, 교육현장에서의 체벌은 어떠할지 아시는 분은 아실 거고 모르는 놈들은 모를 것이다. 살다보면 뜨거운 피가 흐르는, 그리고 감정있는 동물이기에 언쟁이 지나쳐 싸움이란 걸 할 수는 있다고 본다. 특히 '아이들은 싸우며 큰다'라는 이야기도 있다. 하지만 어느 한쪽이 자신의 강한 점을 이용하여 일방적으로 약자를 폭행한다는 것은 정말이지 곱창 때미는 듯한, 지저분한 그리고 어림 반에 반푼어치도 없는 이야기라 생각한다.

　교육현장의 체벌은 필요에 따라, 방법의 차이에 따라 존재할 수 있다고는 보지만, 연약한 여성과 어린이들을 구타하는 가정내 폭력은 막을 내릴 때가 당연히 되었다고 본다. 경제력이 선진국의 잣대가 되는 현실에 살고있지만, 진정한 선진국이 되려면 경제력 이외에도 정치·사회·가족문화 등 모든 것이 균등히 함께 성숙해질 때 머리만 커다란 기형의 모습이 아닌, 진정한 선진국의 모습으로 우리 사회가 다시 태어날 수 있을 것이다. 하루 빨리 우리 사회에도 가정폭력에 관한 특별법이 제대로 갖추어져 약한 여성과 어린이를 북어로 착각하는 인간들이 두 번 다시는 이 사회에 설자리가 없게끔 만드는 계기가 되었으면 하는 바람이다.

안전부인 불감증 걸렸네!

세상을 살아가다 보면 때론, 공평치 못하다는 감정에 사로잡혀 자신을 학대하거나 또는 자신의 처지를 비관할 때가 누구나 한 두 번쯤은 있을 것이다. 특히 부나 명예에 관해서는 더욱 그러할 것이다. 나는 왜 부잣집 아들로 태어나지 못했을까? 왜 우리 대빵은 강남의 배추밭을 사두지 못했을까? 배추밭이 아니면 무밭이라도? 나는 왜 송승헌이나 차인표처럼 잘나지 못했을까? 나는 왜 다리가 이렇게 짧을까? 등등 말이다.

신이 우리 인간에게 주신 것 중 부자와 가난한 자, 잘난 사람과 못난 사람 그리고 다리가 긴 사람, 짧은 사람 등 이런 조건 말고도 모두에게 공평하게 주신 것이 있다면 그것은 바로 죽음이 아닐까? 라는 생각을 해본다. 대통령이나 거지나, 가방줄 긴 사람이나 짧은 사람이나 멍청한 사오정이나 잔머리 잘 굴리는 손오공이나, 쉽게 이야기하여 잘난 사람, 못난 사람을 막론하고 누구나 한번은 자신의 사이즈에 맞게 짜여진 관 속으로 들어가는 죽음이란 운명에 부딪치게 된다.

평소 내 또래들보다는 나보다 나이가 많은 형들이나 선배들과 어울리기를 더 좋아하는 나는 이따금 술자리나 사석에서 장난기 많은 나의 성격상 그들이 나에게 어쩌구 저쩌구 설교를 할 것 같으면 언제나 나를 변호하는 이야기가 있다. '형, 곱창 때미는 소리하지 마쇼 올때는 순서가 있어도, 갈 때는 순서가 없다우. 먼저 가는 게 형님이여!' 하고 말이다.

우스갯 소리로 내 자신을 변호하는 이야기지만. 뒤돌아서서 곰곰이 생각해 보면 그 곱창 때미는 소리 같은 이야기가 어느 정도 설득력이 있게 들릴 때가 있다. 세상의 따스한 햇볕을 구경하며 인간세계에 자신의 이름을 등록한 후, 누구나 죽음이란 것을 한번은 생각해 보았을 것이며 또한 그 죽음에 대한 공포를 한번쯤은 누구나 생각해 보았을 것이다.

흔히 인명은 제천이란 말을 한다. 태어난 날이 정해져 있듯, 이 세상을 안녕하며 가는 날도 정해져 있다는 이야기일 것이다. 내가 여기서 이야기하고자 하는 것은 정해져 있던 날 가지 못하고 미리 앞당겨 가는 사람들의 억울함, 이 세상을 조기 졸업하는 이들의 마음은 어떨까? 하는 이야기를 하고 싶다.

흔히들 이런 경우를 가리켜 인재란 이야기를 한다. 사전에 충분히 예방하고 미연에 방지할 수 있는 일들을 나태와 안이 또는 안전 불감증으로 인하여 인생 조기졸업생들이 많이 발생하는 것은 분명, 안타까운 일이 아닐 수 없을 것이다.

미국이란 선진국에 살면서 느낀 점 중에서 우리와 다른 것 중 하나는, 더불어 우리 사회도 하루 빨리 이랬으면! 하는 마음이 드는 것이, 선진국일수록 안전에 상당히 민감하다는 것이다. 마치 성감대처럼 말이다. 한국을 떠난 지 5년이란 세월이 흘렀기에 지금은 그러한 모습들이 없어졌으리란 소망을 가져보지만 내가 한국에서 한참 미친년 널뛰듯 신나게 놀 때 흔히 볼 수 있던 장면 중에 하나가 LPG로 불리는 가스통 배달원의 모습이었다.

오토바이에 각종 액세서리를 무당 패션을 방불케 할 정도로 매단 채 온갖 잡소리를 내며 자신이 '스피드'란 영화의 주인공이라도 된양 도심지 이곳 저곳을 미꾸라지처럼 활주하던 그 모습, 그 당시도 그랬지만 지금 생각해도 정신이 아찔하다.

저러다 사고라도 나면 무늬는 배달원이지만 사고가 나면 폭탄인데! 그리고 택시 뒤를 보면 LPG란 마크를 선명히, 부치고 영업을 하는 택시들도 많이 있었다. 물론 웬만한 충격으론 가스통이 폭팔치 않는다는 안전 실험검사 결과로 시민들의 가슴을 잠재우긴 했으나 이 또한 위험천만한 행동 중 하나가 아닌가 생각한다.

88년 서울올림픽을 계기로 우리 사회에는 너도나도 마이카! 를 외치며 자가용 갖기 운동에 동참했다. 영등포의 영자가 사니까, 말죽거리의 말자도 사고, 개포동의 개자가 사니까, 봉천동의 봉자도 사고, 너나 할 것 없이 우리의 주서 환경과는 상관없이 자동차 회사에서는 차를 팔아 돈 계산에 바쁘고 너나 할 것 없이 사 제낀 차량의 숫자는 차고 넘친 맥주잔 거품마냥 우리 사회에 주차문제라는 또 다른 사회문제를 야기시켰다.

지금도 내가 한국에 있을 때와 별다른 변화가 없다는 주차문제 이야기를 한국의 친구들과 전화나 서신을 통해 듣게 된다. 노을이 그려내는 아름다운 저녁의 수채화 한폭이 사라지고 어둠의 땅거미가 어둑어둑 물들면 이곳 저곳에선 주차 전쟁이 일어난다. 일찍 귀가하여 어려서 땅 따먹기 하듯, 찜하고 미리 주차를 한 사람이야 두발 쭉 뻗고 남대문시장에서 어렵게 구입한 '비아그라'의 효능을 어떻게 최대화 할 수 있을까? 하며, 사랑스런 마누라를 지켜보며 행복한 짱구를 굴릴 수 있겠지만, 조금이라도 늦게 귀가한 사람들은 주차할 곳이 없어 이곳 저곳을 헤매며 처량한 다람쥐 신세가 될 것이다.

나도 한국에 살면서 이런 경험을 해본 적이 많지만 주차공간을 찾지 못하는 현실의 어려움보다는, 정작 중요한 것은 동네의 모든 길이 차량의 물결로 모자이크 되어 있는 그 시간에 만에 하나라도 생명이 일분 일초 촉각을 다투는 위독한 환자가 발생하던가 아니, 그곳에 화재라도 일어 난다면 아마 십중팔구 소방차의 출입은 커녕, 동네의 구석구석 모든 공간에 빼곡히 주차되어 있는 차량을 이동하는 사이에 불은 이미 자연 진화가 될 것이다.

기아자동차의 봉고신화를 영원히 지키고 보존하자는 의미인지는 몰라도 우리나라 각종병원이나 119구급대의 응급차량들을 보면 봉고내지는 일반 승합차를 개조하여 이용하는 모습을 보게 된다. 지금도 가끔 빌려다 보는 한국 비디오의 드라마 등에서 이런 모습을 목격하게 된다.

작년 연말, 한국에 IMF라는 경제대란이 일어나기 전 고속전철 문제로 한창 말이 많았었다. 엄청난 돈을 들여 수입한 고속전철의 운행을 앞두고 미리 예상치 못했던 각종 문제들로 인해 현실화되지 못하자 여론의 비난을 의식한 해당 기관에서 서로 책임을 떠넘기듯 하는 행동을 비판하는 신문기사를 접하면서 우리나라의 살림을 하시는 잉크물 많이 드신 분들의 사고방식을 이해할 수가 없었다. 세상을 살다보면 무엇이 우선시되어야 하는 것을 그 분들은 모르는 것 같다는 이야기이다.

좁아 터진 나라에서 급하디 급한 성격을 가진 우리 국민들을 얼마나 더 급하게 만들려고 고속전철이란 것을 엄청난 외화를 낭비해 가며 설치하려 하는지, 서울에서 부산까지 5시간이면 가는데 얼마나 더 빨리 가고자 하는지 그럴 돈이 있으면 내가 만약 행정을 책임지는 나라의 살림꾼이라면 봉고신화를 지키는 우리 나라 의료계에 제대로 만들어진 응급차를 수십대, 아니 수백대를 수입하여 진정 무엇이 더 중요한 것이고, 무엇을 먼저 처리해야

하는지를 보여주고 싶었다.

이 세상에서 사람의 생명보다 더 우선시 되어야 할 것이 그 무엇이 있겠는가? 이 모든 것들이 바로 우리 사회에 만연되어있는 안전 불감증에서 야기된 평범한 우리 사회의 모습들일 것이다.

한국의 도심지나 주택가의 공사현장에 가보면 우리의 안전 불감증 증세를 또다시 느낄 수 있다. '공사중 통행에 불편을 드려 죄송함! 주인백!'이란 간판만 달랑 걸어놓은 채, 안전그물은 고사하고 안전모 착용도 제대로 안한다. 안전과 관련된 행정기관의 준공검사도 거의 형식적인 것이라 이야기해도 관계기관에 계신 분들중 나에게 자신있게 그 누가 돌을 던질 것인가?

사람이 많이 이용하는 공공장소나 커다란 건물 등에도 소방시설의 점검은 거의 눈가리고 아웅 하는 식이고, EXIT로 표현되는 비상구는 돈통이나 귀중품 보관함도 아닌데 항상 한달 30일 일년 365일 자물쇠의 따스한 보호아래 잠겨져 있는 경우가 많다.

나는 하루일과 중 하루 1시간정도는 한국의 사회·경제·정치 등 각종 뉴스를 인터넷을 통해 알아보는데 소요한다. 지금은 미국에 살고 있지만, 조만간 귀국해서 내 인생의 후반전은 미력하나마 우리 사회 발전에 기여하고 싶은 삶을 살기 위해 한국내 모든 소식을 하루도 빠짐없이 스크랩한다.

얼마전 인터넷을 통해 접하게 된 안산터널 붕괴 위험과 관련된 소식은 우리 사회의 안전 불감증 증세가 어떤지를 보여주는 또 다른 모습이었다. 전철 안산선 안산터널의 붕괴 위험을 두고 지난 2년이란 긴 세월동안 철도건설본부와 서울지방철도청은 만약의 경우에 대한 대비책을 세우고 붕괴의 우려를 제거하기 보다는 서로 부실책임을 떠넘기기 바빴다는 기사를 접하곤 그리 오랜 시간이 지나지 않은 삼풍과 성수대교 사건을 떠올리며 우울했던 기억이 있다.

관계기관의 태도가 이렇다 보니 안전 불감증 증세는 치료될 기미가 보이지 않고 우리 사회에 한번씩 사고가 터지면 미연에 충분히 방지 할수 있는 경우도 대형사고로 발전하고, 사고 후에는 '인재'가 어쩌구 저쩌구 뒷북을 쳐대는 모습은 내가 어렸을 때나 성인이 된 지금이나 전혀 달라진 게 없다.

한국에서 고교까지 12년간이란 세월을 지겹게 학교란 곳을 다녔지만 그 많은 시간 중에 나는 응급처치나 사람의 생명을 다루는 교육을 받지 못했다. 항상 어떻게 시험을 잘 보고 어떻게 상급 학교를 진학하느냐에 대한 길거리 붕어빵 찍어내듯 똑같은 입시 위주의 암기식 교육만 받았다. 그 중요한 인공 호흡법조차도 나는 미국에 와서야 배우게 되었다.

미국학교는 어려서부터, CPR로 불리는 인공호흡법과 응급치료법에 대해 학교에서 교육을 받는다. 소방시설에 관한 교육과 더불어 화재 발생시 취해야 할 사항들에 대해서도 어려서부터 학교 교육을 통해 사전연습과 철저한 교육으로 안전에 관하여 충분한 교육을 받게 된다.

사람의 생명과 관련된 공익광고도 상당히 많다. 자동차 사고가 났을 때 화재현장에서 취해야 할 행동 등 우리가 인생을 살아가며 진정 소중히 여겨야 할 것들을 미국이란 선진국에서는 학교에서 그리고 방송에서 가르치며 전단이나, 안내문 등을 이용해 꾸준히 계몽운동을 펼치고 있다.

아파트나 개인주택 그 어디에도 소방시설과 관련된 안전 장치의 부착과 준공검사는 기본이며, 공공건물이나 일반건물들의 정기적인 소방시설 검사도 눈가리고 아옹 하는 식이 아니고 항상 원리원칙을 고수한다.

인명 피해의 유무를 떠나 어떠한 사고현장이건 미국은 언제나 병원응급차·소방차 그리고 경찰차 등 성격이 전혀 다른 3개 기관의 잘 짜여진 공조체제로 신속한 사고처리를 함으로써 인명과 재산의 피해를 막는데 최선을 다한다. 잘 꾸며진 전문적인 응급차와 더불어 촉각을 다투는 환자발생의 경우는 특공 영화를 방불케 하는 헬기의 출현도 심심찮게 볼 수 있다.

한국의 주차문제를 이야기하면 누구는 우리의 좁디 좁은 주거환경 문제를 이야기하실 분도 계실 것이다. 오래된 주택가는 어쩔 수 없다 해도 새로이 형성되는 신도시도 역시 마찬가지이기에 나는 이 이야기를 하는 것이다. 미국이란 나라는 땅덩어리가 넓기 때문에? 물론 넓기에 빽빽하고 좁은 우리 환경보다는 낫겠지만 그렇다고 국토가 좁다고만 변명하기엔 말 자체에 어패가 있다고 본다.

똑같이 30평 아파트에 사는 사람일지라도 누구의 집은 정리정돈이 잘 되어있고 공간활용을 잘하여 30평 이상처럼 보이는 곳도 있는 반면 누구는 똑같은 30평 아파트라도 공간활용은 커녕 정리정돈에도 신경을 쓰지 않아 20평짜리 아파트보다도 더 좁고 답답하게 사는 모습을 우리는 주변에서 쉽게 볼 수 있다. 바로 후자쪽의 이야기가 우리 사회의 주거환경, 도심문화의 현주소이며 그로 인하여 각종 안정 불감증은 더욱 더 깊어져 가는 것만 같다. 무슨 일이든 안정과 성공기에 이르기엔 항상 과도기가 있기 마련이다.

IMF라는 엄청난 경제대란의 고통이 우리의 현실앞에 넘기 어려운 거대한 파도의 모습으로 향후 수년간은 우리의 어깨를 짓눌누리라 본다. 지금의 위기를 기회로 삼아 멋진 미래 그리고 희망의 무지개가 영원히 존재하는 살맛나는 세상을 만들기 위해 우리 모두가 지난날 '한강의 기적'보다 더 위대한 위업을 달성할 수 있도록 최선을 다해야만 하는 시기에 봉착해 있다.

이 세상에서 정해진 날보다 먼저 가야하는 서러운 인명피해가 더이상 발생되지 않기를 빌며 더불어 안전에 관한한 체계적인 교육과 꾸준한 계몽운동 그리고 행정기관의 소신있고 전문적인 정책이 하루 빨리 이루어질 수 있기를 밝아오는 나라 한국의 환한 빛을 그리며 간절히 바래본다.

미국에 이민오면 공처가 된다

맹구의 어머니 아니 맹자의 어머니는 자식의 교육을 위해 세번을 이사했다고 한다. 최근 순풍산부인과에서 푼수연기로 잘 나가는 배우 박영규씨가 전성기때 취입한 음반에 '카멜레온'이란 노래가 있었다. 처한 상황과 분위기에 따라 몸의 색깔을 사유사세로 바꾸는 동물, 카멜레온. 우리 인간이 카멜레온은 아니지만 인간 역시 환경의 지배를 받는다.

미국내 한인교포 기혼자들 중 남자들이 즐겨 하는 이야기가 이민을 온 후부터 집사람, 여자들의 힘이 무지하게 세졌다는 이야기를 한다. 그 이야기의 배경으로 첫째는 남자들의 음주 횟수가 줄어들었다는 점을 들 수 있다. 한국에선 주당이길 자랑으로 삼던 사람들도 바쁜 미국의 생활, 미국의 가정적인 삶의 방식, 그리고 한국처럼 재미있는(?) 술집이 없고, 모든 이민 세대들이 그러하듯 여성들이 한국에서처럼 살림을 하며 집을 지키기보다는 다양한 모습의 사회참여로 인해 경제력이 신장되었고, 여성들을 대접하는 미국문화를 접하다 보니 부부문화가 한국처럼 수직이 되기보다는 수평이 되었기 때문이다.

물론 나는 결혼을 하지 못한 싱글이지만 위의 이야기에 전적으로 동감한다. 비단 결혼한 기혼자들뿐만 아니라, 나처럼 혼자인 사람들도 삶의 방식이 미국에 살면서 한국에서와는 달리 많이 바뀌게 된다. 모두가 그렇진 않지만 대다수의 사람들이 말이다.

주된 이유는 바로 환경의 차이, 환경의 지배를 받기 때문일 것이다. 이 책의 앞부분에 언급했던 '음주문화'의 일부와 재탕이 되겠지만, 잠시 미국내 술집의 모양과 형태를 복습하는 자세로 돌아보자. 한국처럼 여성이 술시중을 드는 다양한 형태의 술집이 미국엔 없다. 그러다 보니, 미국내 교포들은 술을 마셔도 거의 대다수가 식당에서 반주형식으로 마신다.(L.A는 제외. 나성시로 불리는 LA는 한국과 같은 룸살롱이 있음)

한국과는 다른 환경으로 인해 이곳 미국에선 술을 마시는 횟수가 갈수록 줄어들고, 자연스럽게 가족과 함께 하는 시간이 늘어나면서 그 시간에 운동을 한다던가 가족과 정다운 시간을 보내면서 생활의 재미를 건전한 쪽에서 찾게 된다.

그리고 모든 술집과 함께 슈퍼나 편의점도 새벽 2시가 땡치면 일체 술을 팔지 못한다.(주마다 정해진 시간이 각각 다르나 거의 새벽 2시임) 특이한 미국의 주류법상 이미 술이 만취한 사람에게는 술을 팔지 못하게 되어 있다. 만약 만취한 손님에게 술을 팔아 그 사람이 차량사고나 인명피해를 일으켰을 경우 술을 판 업주에게도 책임이 있게 된다.

이미 언급을 했지만 술을 파는 곳이면 어디든 신분증 검사를 하게 된다. 청소년보호차원에서 말이다. 물론 담배도 말이다. 그리고 술과 담배를 취급하려면 학교에서 500FT 내에선 일체 장사를 할 수 없다. 또한 주택가내에도 술집이 허용되지 않는다. 쾌적한 주택환경, 그리고 청소년 보호차원에서 말이다.

한국에도 청소년 보호구역이 있지만 미국 내에선 우범지역이나 술집이 많은 유흥가 등지에는 청소년 야간통행금지 시간이 정해져 있다. 보통 밤 11시 또는 12시정도로 정해놓고 청소년(18세 미만)의 출입을 일체 금지한다. 말로만 금지하는 것이 아니라 지속적인 순찰과 계몽활동 등 끊임없는 노력으로 탁상공론으로 그치는 행정이 아닌 진정한 행정조치를 취하게 된다.

이번엔 '성'에 관한 이야기를 해보자. 어느 영화 포스터에서 이런 문구를 본적이 있다. 'SEX는 신이 인간에게 주신 가장 행복한 선물이다'라는 이 이야기를 굳이 언급하지 않더라도 성에 관한 이야기를 하면 많은 사람들이 남녀 할 것 없이 귀가 번쩍 트일 것이다. 이 책을 읽고계신 독자분을 포함해서 말이다.

오래전 한국에서 아는 선배로부터 이런 이야기를 우스갯 소리로 들었던 기억이 있다. 철로변 주변에는 아이들 숫자가 유난히 많은네 왜 그런지 아느냐고? 모른다고 히자 피임문화가 발달하지 않았던 옛날 새벽에 기차소리에 잠이 깬 부부들이 잠은 않오고 TV는 이미 방송이 끝난 새벽인지라 할일은 오로지 한가지 떡방아 찧는 일밖에는……

이런 유래가 있어서일까? 한국의 기차역 주변에 가면 '쉬었다 가라'고 붙잡는 아주머니들이 참으로 많다. 무엇을 하며, 어디서 쉬라는 건지……

까만 교복을 입던 중학교시절, 한번은 친구들과 소풍에서 돌아오던 중, 길을 잘못 들어 외투가 없는지 속옷만 걸쳐 입고 정육점 고기마냥 빨간 불빛 아래 누나들이 많이 모여 있는 골목길로 접어든 적이 있었다. 어린 나이에 창피해서 땅만 보고 짧은 다리들로 빨리 그 골목을 벗어나고자 총총걸음으로 걸어가던 우리 무리를 보고, 어느 한 누나가 말하길 "애들아 놀다가?" 하고 소리를 지르는게 아닌가!

우리중 하나가 '누나 우리 학생이예요' 그러자 그 누나가 하는 말, '학생은?(뭘까요? 한 글자인데…) 없냐?' 한국에서 여자를 산다는 것은 우리 모두가 알고 있듯이 너무나 쉬운 일이다. 그러한 유해환경이 너무나 많다. 내가 굳이 소개하지 않더라도 말이다. 반대로 미국에서 윤락이란 단어는 참으로 생소한 단어이다. 몸을 사고 판다는 자체가 구경하기도 힘들다. 50개도 넘는 주가 있지만 허가난 사창가로 통하는 공창은 네바다주의 한지역밖엔 없다. 캘리포니아나 뉴욕 같은 대도시에 가면 간혹 길가에서 몸을 팔기 위해 서성거리는 거리의 여인들이 있고, 그 외에 미국내 최고 부자도시인 베버리 힐스 같은 곳에서 고위층이나 일부 부유층을 상대로 한 점조직이 비밀리에 운영돼 하우스에서 윤락행위가 이루어진다고는 하나 한국과 비교하면 없다고 해도 과언이 아닐 것이다.

　이곳 워싱턴주 같은 경우, 윤락을 하다 걸리면 무조건 구속하고, 여성을 사려던 사람은 타고 간 차량압수는 물론, 세무조사까지 받게 된다. 또한 지역신문에 기사가 실리는 영광(?)도 얻게 된다. 한국처럼 영계를 좋아해서 18세미만의 미성년과 관계를 가지면 위의 경우와 더불어 몇가지 더 포상을 받게 된다.

　얼마전 대구의 한 지방단체장이 지역내 유명한 사창가와 유흥가의 대대적인 정화작업을 시작하였다는 기사를 인터넷을 통하여 지켜보며 상당히 흥분했던(비아그라와는 상관없는 흥분) 기억이 있다. 바로 이러한 노력과 진정한 공직자의 출현이 있기에 우리나라의 장래는 과히 밝을 수 있다고 나는 자신있게 말할 수 있다. '저기 산이 있기에 등반을 한다'는 유명한 산악인의 이야기는 우리의 환경문화에도 적용할 수 있다고 본다. 시야에 들어오는 모든 것들이 유흥과 말초신경을 자극시키는 것들이 사방에 즐비하기에 꼭 그곳을 찾는 이들만을 질책할 수는 없을 것이다.

쾌적한 주택 문화를 조성하고 청소년 보호구역의 확대와 더불어 유흥가의 신규면허를 제한된 구역내에만 발급하며 행정기관이나 시민들이 공동으로 질높고, 보다 쾌적한 삶을 추구해 나갈 때 가정은 물론 사회, 더 나아가 우리나라의 전체 환경과 경제력도 그만큼 더 빠르고 안정되게 자리잡아 나갈 것이다.

술과 노래방으로 표현되는 우리의 놀이문화도 이제는 좀더 건전하고 질적 향상을 이루었으면 한다. 이 책의 앞부분에서 언급하였듯 사회체육의 활성화로 건전하게 그리고 이웃과 가족문화에 미치는 파급효과로 잃어 가는 우리의 정과 가족간의 끈끈함을 다시 찾아야 할 것이다.

남녀노소, 신분고하를 막론하고 어차피 누구나 한번 사는 생이라면 좀더 건설적이고 좀더 건전하게 사는 것이 개개인의 삶과 이 나라의 미래가 더욱더 빛을 발할 수 있을 것이다. 존함도 모르는 그 대구지역 단체장에게 끊임없는 노력의 박수를 보내며 아울러 제2, 제3의 이같은 지역단체장의 출현을 간절히 기대해 본다.

코쟁이 입맛에 김치를 맞추자

외국생활을 하면 누구나 다는 아니지만 거의가 애국자가 된다
고 한다. 나 또한 미국 생활을 하기 전엔 이 말이 피부에 와닿지
않았지만, 지난 만 5년간의 미국생활을 겪으면서 이제는 그 말이
피부에 와닿는 정도가 아니라 피부 속으로 파고들 정도가 되었다.

한국에 있을 때 그렇게 좋아하던 햄버거나 피자와 스테이크 등
은 미국에 도착하면서부터 된장 고추장 김치 연합군에게 눈탱이
밤탱이 되듯 초토화되었고, 까까머리에 까만 교복을 입으면서부
터 뜻도 제대로 모르고 즐겨 듣던 팝송도 이제는 가요의 완편치
한방에 넉다운이 된 지 오래다.

쇼핑을 하러 나가도 가급적이면 'MADE IN KOREA'가 적힌
물건을 찾게 되고 주위의 미국인들이 혹시나 한국이야기라도 할
성 싶으면, 궁극적인 목적으로 한수 거들게 되며, 한국과 관련된
좋은 뉴스가 나오면 팔불출마냥 주위에 떠들게 된다. 비단 나만
이 갖는 감정은 아닐 것이다. 어떠한 이유이건 간에 오랜 외국
생활을 하신 분들은 나의 생각에 동감하리라 믿어 의심치 않는다.

햇수로 6년, 만 5년간의 미국생활에서 지식적으로나 경험적으
로나 얻은 것이 많은 좋은 시간들이었지만 내 개인적으로 가장
뿌듯한 게 있다면 나의 뿌리에 대한 자긍심을 얻었다는 것이다.

한때 냄새나는 김치를 먹는 게 미국인들에게 창피하게 여긴 적도 있지만 이제는 당당히 먹을 수 있으며, 개고기를 문제삼는 그들에게 전통적인 문화와 우리의 고유관습을 설명하며, 말고기나, 양고기를 먹는 너희들과 틀릴 게 무엇이 있느냐며 당당히 맞서는 지금의 모습이 지난 날과 바뀌어진 현재의 나의 모습이다.

언젠가 기회가 닿으면 한국으로 귀국하여 나의 경험과 지식을 바탕으로 미력하나마 우리 사회에 기여하는 인물이 되고자 노력하는 모습으로 내 인생의 후반전을 펼쳐나갈 계획이지만 아직 그러한 여건이 허락지 않아 늦은 밤 컴퓨터 자판을 두들기며 책을 통해 우리 사회에 또 다른 호소를 하게 된다.

IMF의 한파가 밀어닥치기 전, 우리 사회에 명퇴와 실직의 풍랑이 밀려오며 시대적 상황과 잘 맞아떨어진 '아버지'란 제목의 소설이 베스트셀러가 되었었다. 나 또한 이 책을 읽으며 '아부지!'를 외쳤던 적이 있다. 30년이란 짧은 생을 살아오며 나는 항상 한국인으로 태어난 게 가장 행복하고 자랑스럽게 여겨질때가 부모님들의 무조건적인 사랑과 헌신을 느낄 때이다.

요즘 우리 사회에서 아버지의 위상은 갈수록 떨어지는 주가의 하향곡선처럼 끝도 없이 추락하는 것 같아 못내 아쉽기 짝이 없다. 그 옛날 아버지 밥상에 오르던 고등어 반찬에 마른침을 삼켜야 했던 우리의 식탁구조는 이제, 아이들 식성위주로 짜여져가고, 아버지들의 권위와 위상은 온데 간데 없다.

아버지란 존재는 가정의 경제를 책임지는 돈버는 기계정도로 여겨지기 시작한지 오래 되었다. 가계권을 손에 움켜 잡은 주부들도 집안의 경제 교육과 관련된 일들을 남편과 상의하기보다는 독단적으로 처리하게 되어 갈수록 남편, 그리고 아버지로서의 자리는 맨끝으로 몰리는 불쌍한 존재가 되어 가고 있다.

한없이 추락하는 아버지의 위상뿐만 아니라, 우리 사회에는 갈수록 우리의 고유한 것들이 하나둘 자취를 감추어 가는 것같아 못내 아쉽다. 길거리의 모든 간판들은 영어로 표기되며 사람들의 옷은 주로 라면 글씨만 쓰여져 있다. 신토불이 음식들은 서양음식의 대표주자인 햄버거나 피자 등에 떠밀려 갈수록 존재의 위기를 맞고 있고, 우리의 전통음악인 국악이나 판소리 등은 겨우 제한된 일부 계층에 의해 간신히 맥을 이어갈 뿐이다.

한때 민속스포츠로 각광을 받던 씨름도 이제는 우리와 상관없는 NBA농구나 메이저리그 야구보다 더 못한 취급을 받으며 갈수록 우리 사회에서 잊혀져가고 있다. 흑인들에 의해 탄생된 '랩'이란 또 다른 음악의 장르가 세계적인 추세이지만, 아직도 미시간, 오하이오, 텍사스 같은 중남부지방에는 백인들의 전통음악인 칸츄리뮤직이 여전히 대중의 사랑을 받으며 칸츄리댄스도 남녀노소를 불문하고 최고의 인기를 끌고 있다. 미국 서부시대의 개척정신을 기리고자 탄생한 '로데오' 경기나 미식축구도 다른 나라들의 무관심에도 불구하고 미국내에서는 최고의 인기스포츠인 것은 누구나 다 잘 알고 있는 사실이다.

불과 10여년전만 해도 일본인의 대표음식인 사시미와 스시를 야만인들의 음식이라 표현하던 미국인들도 지금은 고급음식으로 인식해 먹고 싶어도 비싸서 일반인들은 엄두도 못내는 음식이 되었고, 일본 전통운동인 스모도 이제는 미국내에서조차 정기적인 대회가 열릴뿐만 아니라 미 전역 최대 스포츠 채널인 ESPN을 통해 전국에 중계되고 있다.

일본처럼 우리 고유의 음식과 전통적인 운동을 세계 만방에 알리지는 못할망정 우리 스스로의 무관심과 냉대속에 없애버리지만은 말아야 할 것이다. 우리 사회가 오랜 세월동안 지켜오던 대가족 제도나 삼강오륜 등의 동양적이자 우리만의 윤리가 현대사회에 들어가면서 급격히 붕괴되어 가고 있다. 개인적인 의견이지만 우리의 뿌리 교육의 결여 민족적 자아동일성에 대한 아무런 인식과 여과없이 서구문화를 맹목적으로 받아들였기 때문일 것이다.

사회전반 그리고 나라전체가 IMF라는 경제대란으로 인해 전체적으로 어둡고 무거운 분위기속에서 하루 빨리 이 긴긴 어둠의 터널을 빠져나가고자 다들 노력을 하지만 이에 못지 않은 우리가 꼭 짚고 넘어가야 할 것이 서양의 방법론과 우리만의 가치관을 융합, 동·서양의 조화가 이루어진 사회를 만드는 것이라 할 수 있을 것이다.

아버지의 권위와 위상이 되살아나고, 지속적인 뿌리교육과 계몽속에 우리의 전통과 가치관이 정립된 상태에서 서양의 문물을 여과있게 접붙이기 할 수 있다면 21세기의 우리 사회는 더욱더 당당하고 그 어떠한 외풍에도 흔들리지 않는, 그 누구에게도 뒤지지 않는, 자긍심을 느낄 수 있는 우리만의 사회, 우리만의 나라가 될 것이다. 우리 것을 사랑합시다.! 우리의 것이기에……

한국이 미국보다 좋은 열 한가지 이유

　인간은 그 누구도 완벽할 수 없다. 그렇기 때문에 완벽해 지려고 노력하는 그 모습이 때로는 애처롭고 아름다워 보일 수 있다고 생각한다.

　또한 그 누구도 이 세상의 모든 것을 다 가질 수 없다는 인생의 교훈도 있다. 한가지를 얻게 되면 한가지를 잃게 되는 것이 우리네 인생의 법칙이 아닐까 생각한다.

　미국이란 나라가 경제대국이자 세계 초강대국으로 우뚝 서있지만 그래도 나의 사랑하는 조국보다 못한 점도 상당히 많다고 자신있게 이야기할 수 있다.

　이 책을 쓰면서 너무나 우리의 어두운 면만을 그간 이야기하였기에 이번엔 우리의 잘난 면을 찾아가며 희망을 가져 보아야 할 것 같다.

　1. 국민의 교육수준과 교육열이 높다.(우리네 교육열은 세계 상위권이다. 하지만 교육의 의미와 방법은 부단한 노력으로 고쳐야 할 것이다)

　2. 국민이 근면 성실하다.(불과 1백여 년밖에 안된 미국내 한인교포사회의 위상을 보더라도 개미처럼 성실한 우리네 근면 성실은 어느 곳에 내놓아도 인정받을 만하다. 6·25의 전쟁 폐허에서

한강의 기적을 이룩하지 않았는가? (너 IMF, 나 코리언이야! 덤벼, 문제없단 말이야!)

3. 가족관계가 튼튼하다.(갈수록 핵가족화가 되어 가고 있지만 아직까지는…)

4. 자연이 아름다운 나라이다.(지금처럼 방치하고 사용하면 언제까지 보존될지 몰라도…)

5. 인정이 넘치는 사회이다.(이제는 여름밤 숯검정 칠하고 서리하다 걸려도 절도죄가 적용된다지만 그래도 인정이 존재하는 사회이다)

6. 윗사람에 대한 존경심이 강하다.(존대말이 있는 우리네 말만 보더라도)

7. 부모의 사랑이 지구존 죄고이다.(이섬만은 한국인으로 태어난 것에 대하여 한없는 기쁨과 긍지를 가져야 함)

8. 역동적인 사회이다.

9. 가능성이 풍부한 나라.(통일만 된다면 세계 강호로 떠오르는 건 시간문제이건만…)

10. 문화가 풍부한 나라.(잘 지키고 보존해야 하는데)

11. 아기자기한 맛이 있는 나라.(비록 좁은 국토와 많은 인구 비례상 항상 북적대지만 거기에서 발생되는, 사람사는 맛이 있는 나라)

한국의 장점은 대강 이 정도로 간략할 수 있을 것이다. 우리의 장점을 더욱더 지키면서 우리의 단점도 아울러 숙지하고 그것을 하나 둘 장점으로 고쳐나간다면….

1. 지역주의가 심하다.(8도를 없애자)

2. 국민의 질서의식이 약하다.

3. 불친절한 사회이다.

4. 관이 너무 권위주의적이다.

5. 안전의식이 낮다.

6. 여성차별이 심하다.

7. 인명경시 풍조가 심하다.

8. 오염이 갈수록 심화되고 있다.

9. 칭찬에 너무나 인색하다.

10. 냉소주의가 팽배해 있다.

11. 물가가 너무 비싸다.

12. 앞을 내다보는 계획성이 부족하다.

13. 냄비주의(쉬 끓고 쉬 가라앉는다)

　

우리의 5천년 역사를 되돌아보면 수많은 국난속에서도 우리는 나라를 지키며 발전을 거듭해온 영화 여고괴담 보다 더 무서운 민족이다. 비록 IMF란 경제위기로 인하여 향후 몇년간은 뼈를 깎는 듯한 고통이 동반될지언정 '한강의 기적'을 이룩했던 정신력으로 다시 일어설 수 있으리라는 생각에는 아무런 의심이 없다.

위기 다음에 기회가 생기듯 이번의 위기를 슬기롭게 헤쳐나가며 우리의 모든 의식구조와 사회모습을 되돌아보며 잘못된 것은 과감히 하나 둘 고쳐나간다면, 21세기의 한국의 경제력과 세계속의 한국의 위상이 높아지리라 믿어 의심치 않는다.

에필로그

　나는 누구에게 지는 것을 아주 싫어하는, 승부근성이 지나칠
정도로 높다. 철없던 시절, 한때 남자는 주먹이 최고인지 알던 시
절, 남보다 작은 체구에도 불구하고 나는 내 나이 또래의 아이들
이 수 없이 모이던 노량진을 평정했던 시절도 있었다.

　그리고 지금도 나보다 덩치가 배나 큰 흑인이나 백인들과 맞부
딪칠 경우가 생겨도 한국인으로서 항상 당당히 맞서곤 한다. 하
지만 무좀 걸린 멸치마냥 평균 동양인의 체형보다 더 왜소한 월
남아이들과 맞닥뜨릴 경우는 꼬리를 접어 장롱 깊숙이 넣어 버린
다.

　'BOAT PEOPLE'로 불리는 미국내의 월남아이들. 비록, 외모는
무좀 걸린 멸치처럼 왜소한 그들이지만, 이들은 한마디로 막가는
아이들이다. 미래가 없고 무서운 게 없는 아이들이다. 이들은 항
상 몰려다닌다. 그리고 외형으로 판단해서 우습게 보고 그들을
건드리면 그들은 반드시 복수를 한다. 그것도 칼이나 총으로 말
이다.

　미국의 빈민가를 가면 수많은 흑인들이 있다. 원래는 그들이
그곳의 터줏대감이었다. 하지만 지금은 변하고 있다. 바로 월남인
들이 흑인들 위에 서서히 군림해 가고 있다.

미국아이들이 동양인을 보면 항상 일본인을 연상한다. 유학생들이 학교내에서 아르바이트 자리를 구할 때도 일본인들은 다른 동양인들보다 더 빨리 일자리를 구한다. 그리고 일본어를 배우고자 노력하는 수많은 미국인들 덕에 미국내 일본인들의 인기는 다른 동양인들보다 항상 높은 자리에 위치하고 있다.

굶주린 배와 자유를 찾아서 무조건 바다에 몸을 던졌던, 그래서 보트피플로 불리는 베트남인들 그네들은 돌아갈 나라가 없어서 미래도 없고 그래서 막가파 아이들처럼 희망이 없는 얼굴을 하고 있다.

SONY, TOYOTA를 앞세우고 막강한 경제력을 바탕으로 미국내에서조차 동양인임에도 불구하고, 대우를 받는 일본인들, 이유는 바로 나라가 있고 없고, 국력이 있고 없고의, 차이다.

수많은 사람들이 해외여행을 통하여 다른 나라의 문화와 더불어 그들의 선진사회를 경험했고, 수많은 사람들이 해외유학을 통해 질높은 교육, 그리고 합리적이고 실용적인 사회를 목격했음에도 우리 사회에는 아직도 수많은 악습과 부패된 모습이 사회 곳곳에 산재해 있다.

그래서였을까? 우리는 지금 IMF로 인해 수많은 사람들이 고통을 받고 있다. 나는 이제 겨우 30대에 접어든 평범한 보통 사람이다. 하지만 눈이 있고, 귀가 있기에 어느 것이 옳고, 그른지, 어느것이 합리적이고, 실용적인지는 분간할 줄 안다.

이 책을 지난 8개월간 틈틈이 써오면서 많은 생각을 했었다. 괜한 짓을 하고 있는 건 아닐까? 하는 회의도 들었었다. 차라리 책을 쓸 시간에 나의 본업에 충실하여 한푼이라도 더 벌어서, 내 사욕이나 채우자는 생각도 했었다.

하지만 나의 승부 근성때문이었을까? 나는 우리나라 대한민국이 IMF라는 이 위기를 오히려 기회로 삼아서 이제는 잘못된 지난날의 악습과 관습, 그리고 부패되어 있는 우리사회 구석 구석을 청소하듯 깨끗이 씻어내고 새로운 모습으로 거듭나 미국인, 그리고 일본인들보다 세계속에 더 우뚝 서 있는 한국의 모습을 그리며 이 책을 쓰게 되었다.

기성세대는 어떨지 몰라도 부디 수많은 젊은이들에게 이 책이 읽혀져, 우리나라의 미래를 짊어질 젊은이들이 훗날 기성세대가 되었을 때, 정도가 통하고 이상이 실현될 수 있는 살맛 나는 사회가 되기를 간절히 바라며 이 책을 썼으며 그 소망은 지금이나 그리고 앞으로도 변치 않을 것이다. 저력있는 민족인 우리는 반드시 그런 사회를 이루어 낼 수 있으리라 믿는다.

끝으로 이 책을 쓸 수 있도록 능력을 주신 주님과 키워주신 부모님께 머리 조아려 감사드리며 아울러 이 책의 출판을 도와주신 다인미디어 전의식 사장님과 출판사 여러분께도 깊은 고마움의 마음을 전한다.

98년의 종착역을 바라보며
이상희

이 책을 읽고 난 후에

일반적으로 잘 쓰여진 책과 재미있는 책은 한번 책장을 넘기게 되면 마지막 장의 책장을 넘길 때까지 쉽사리 책을 손에서 놓치 못하게 되는데 이상희군의 책이 바로 그러하였다.

사람들은 흔히들 자신의 어두웠던 과거를 쉽사리 남들 앞에 보이기를 꺼려하는 경향이 있다. 이 책의 도입부를 통하여 이상희군이 걸어온 지난날의 발자취를 읽어 나가며, 항상 얼굴에 환하게 배어있는 그의 밝은 미소는 지금껏 그를 지탱시켜준 그의 희망이자 생활철학의 일부였다는 점을 깨닫게 되었으며, 지난날 어두웠던 자신의 과거를 솔직히 이야기하는 그의 용기가 참으로 아름다워 보였다. 그는 우리 사회에서 흔히 말하는 열등생이었지만 좌절하지 않고 나름대로 열심히 자신의 꿈을 키우며 그것을 이루기 위하여 부단히 노력하여 지금까지 걸어온 의지의 젊은이이며, 지금 이 순간에도 끊임없이 노력하는 그의 모습에서 대기만성형임을 느낄 수 있었다.

이군의 책속으로 빠져든 나는 원고 요소요소에 도사리고 있는 유머감각에 책을 읽으며 지루함을 느낄 수 없었으며, 자신의 경험을 토대로 우리 사회의 부정적인 요소와 미국사회의 합리적인 생활습관을 적절히 비교하며 새로운 사회상의 비전을 제시하는 그의 관찰력과 주관에 마음의 박수를 보내야만 했다. 나 또한 30여년간 미국생활을 하였지만 왜 이런 책을 진작 쓰지 않았을까? 하는 아쉬움도 생겼으나 인생의 후배이자 앞으로 우리 사회를 짊어질 이군같은 예리한 감각을 소지하고 있는 젊은이가 그래도 이런 책을 쓰게 되었다는 사실이 대견스럽다.

너무나 오랫동안, 마치 오래된 습관이나 관습처럼 우리 사회 곳곳에 배어 있는 부정적인 요소나 삶의 방식을 이군이 지적하였듯 이제는 우리도 바뀌어야 된다는 생각에 나 또한 전폭적인 지지를 보낸다. 미국이란 나라에서의 삶을 통하여 느낀 것은 민주주의란 바로 서민들이 자신들의 삶의 테두리속에서 열심히 생활할 때 그에 상응하는 대우와 그들의 삶을 즐길 수 있는 여건이 조성되어야 한다고 생각한다.

이군의 의견처럼 미국이란 나라가 이 세상 최고의 파라다이스나 유토피아는 아니다. 그러나 상식이 통하고 땀흘린 만큼 보수를 받으며 이상이 실현될 수 있는 사회라 생각한다.

우리나라를 사랑하는 한 젊은이에 의하여 쓰여진 정성어린 이 책이 부디 많은 사람들에게 읽혀져 우리 사회의 의식개혁과 새로운 사회를 건립해 나가는데 저자의 의도대로 진정한 의미의 세계 시민이 될 수 있기를 바라며, 아울러 자신의 경험과 능력을 토대로 청소년들에게 꿈과 용기를 줄 수 있는 삶을 살기를 원하는 이상희군의 꿈이 꼭 이루어질 수 있기를 간절히 바란다.

워싱턴 주정부 수석 경제관
경제학 박사 손창묵

저자와의
협의하에
인지생략

상놈이 양반보다 잘사는 이유

초판2쇄 발행일 · 1999년 1월 10일
지은이 · 이상희
펴낸이 · 전의식
펴낸곳 · 다인미디어
등록 · 1997년 10월 10일, 제1-2233호
주소 · 서울시 종로구 운니동 65-1 월드오피스텔 603호
대표전화 · (02)742-9183/팩스 · (02)743-7615

ⓒ 이상희 Printed in Seoul, Korea
ISBN 89-87957-07-1

값 7,500원
* 잘못된 책은 구입한 서점이나 본사에서 바꾸어 드립니다.